「……ん、おはよう」
ちょうどルナが目を覚ました。
ルナが身体を起こすと、若干服が乱れていた。

「——私の領地に来てもらいたいの」
Luna
ルナ
15歳の少女。
領地開拓の助けになる
人材を探していたところ、
同い年のアルマと出会う。
「ありがとう……一度目の俺……」
Alma
アルマ・フェローズ
優秀な魔術師家系・
フェローズ家の三男。
ギフトを授かることができず
一族を追放されるが、
隠されたギフト《転生者》が覚醒。
前世の記憶を取り戻す。

「ハハ、アルマはやっぱすげえよ」
「おねーちゃーんっ！　おかえりぃー！」
Sanya
サーニャ
ルナの妹。
明るく活発な性格。
姉のことが大好き。
Raul
ラウル
冒険者の青年。
親切な性格で冒険者として
駆け出しのアルマに
世話を焼く。

CONTENTS

Sono MUNOU, Jitsuwa
Sekai Saikyou no Mahoutsukai.

Design Yuko Mucadeya + Nao Fukushima (musicagographics)

第1話　ギフト《転生者》

すべての人々は15歳になると、女神様からギフトを授かる。

15歳になった俺は神殿を訪れていた。

広大で立派な白亜の神殿だ。

俺以外にも多くの人々が集まっている。

皆、神官からギフトのお告げを聞きに来ているのだ。

ギフトとは、多種多様な特殊能力のことである。

その中でも評価が高いのは戦闘系のギフトだ。

例えば、父が授かった《賢者》のギフト。

《賢者》は魔法の才能が大きく開花し、一瞬にして様々な魔法が使えるようになるギフトだ。

間違いなく魔法使いの中で最強格に強いギフト。

そして父は数々の功績を残し、一代で男爵から伯爵にまで爵位を上げた。

もちろん父さんのもともとの実力が高いことも言うまでもないが、伯爵にまで爵位を上げられたのはギフトのおかげによるところも大きいだろう。

「アルマ、おまえのギフトには期待しているぞ。できることなら私と同じ《賢者》を授かりたいものだな」

バシッ、と俺の背中を叩《たた》いて父は笑った。

「そうですね。僕も父上のような立派なギフトを授かりたいです」

「なに、ギフトがすべてじゃない。どんなギフトでもこれからの努力次第でアルマも私のようになれるさ」

「はい！」

父は厳しい人だ。

俺には昔から強くなるための教育が施されてきた。

それは俺に愛情を注いでるがゆえのものだと思う。

そんな父を俺は誰よりも尊敬していた。

「それにおまえは《賢者》と《魔道士》の息子なんだ。魔法使い関連のギフトを頂けるだろう。おまえの兄たちもそうだったからな」

「だと良《い》いですけど……」

ギフトは遺伝する。

両親のギフトに関連性のある種類のギフトを授かりやすい。

そのため良いギフトを所持している両親から生まれた子は、良いギフトを授かる可能性が高い。

魔法貴族と呼ばれる我が家は父が《賢者》で母が《魔道士》のギフトを授かっているため、魔法使い系統のギフトが遺伝する可能性が高い。

実際、長男のクレハ兄さんは《紅蓮《ぐれん》の魔法使い》という火魔法に特化したギフトを授かり、次男のキース兄さんは《紫電《しでん》の魔法使い》という雷魔法に特化したギフトを授かっていた。

どちらも魔法使いの上位ギフトだ。

兄二人が優秀なギフトを授かっており、ついに俺は《賢者》を手に入れるのではないかと期待されていた。

「これよりアルマ・フェローズのギフトを告げる」

ついに俺のギフトが告げられるようだ。

神殿にいる人々の視線が神官に集まる。

俺もついにこの時がやってきた、と思わず固唾を呑《の》んだ。

「アルマ・フェローズのギフトは……ギ、ギフトは……」

……神官の様子がおかしい。

その様子を見て、神殿内が少しずつざわついてきた。

「神官、ギフトは一体何なのだ」

父が神官に問う。

神官は長い沈黙を破って、こう言った。

「——ありません。……アルマ・フェローズにギフトはありません」

「なにっ⁉」

父は怒声を張り上げた。

神殿内が大きくざわついた。

「ギフトが……！　ギフトがないだと⁉　それは一体……どういうことだ！」

父は身体《からだ》を震わせながら鋭い目つきで神官に詰め寄った。

「わ、分かりません……！　前例がないもので……」

「当たり前だ！　ギフトとはすべての人々が授かるものだ！　ならばなぜ、アルマはギフトを授かっていないのだ！」

「ち、父上……」

父は俺のために怒ってくださっている。

なんて優しいんだ。

父は、ギフトがすべてじゃないと言ってくださった。

ならば俺はギフトがなくても、誰よりも努力をして、兄たちを超える強い魔法使いになろう。

それが俺にできるせめてもの恩返しだ。

「アルマ……！」

額に青筋を立てながら今度は俺に詰め寄ってきた。

「はい……残念ながらギフトは授かることができませんでしたが、今まで以上に努力し――」

「そんなことはどうでもいい！　おまえはギフトを授かれなかった無能だ！　それを深く、深く……！　自覚しなさい！」

「えっ、ち、父上……？　先ほどは……どんなギフトでも、と……」

「何を言っている！　ギフトが有るのと無いのでは話は別だ！　恥を知れ、恥を、恥を！」

「そ、そんな……！」


身体に力が入らない。

全身から汗が吹き出る。

父の発言を機に神殿内にいる人々から「そうだ！　そうだ！」という声が上がってきた。

「ギフトがないなんて前代未聞だ！」

「それが《賢者》の息子なんてありえない！」

「この無能め！」

「「「無能！　無能！　無能！」」」

人々から幾度となく投げかけられる「無能」という言葉。

なんだ……。

一体なんだって言うんだ……。

俺は今まで……なんのために……。

「フェローズ家にギフトすら授かれない無能はいらん」
父の表情は、まるで血縁者だとは思えない、とても冷たいものだった。
……そうか、そうだったのか。
父が俺に厳しい教育を施していたのは愛情ゆえのものなどではなかった。
すべてはフェローズ家のためだったのだ。
「――アルマ、おまえをフェローズ家から追放する」
衆目にさらされる中で俺は父にフェローズ家からの追放を宣言されたのだった。
フェローズ家から持たされた金はたった5万ゴールド。
成人したての世間知らずが生きていくには少し物足りない額だ。
「ハァ……」
俺は初めて酒場にやってきて、エール酒を飲んでいた。
神官からギフトのお告げを聞いてからため息を吐く回数が異様に増えた。
所持金は5万ゴールドしかない。
きっと節約したほうがいいだろう。
でも今は理屈じゃ動けない。
だって、あんな経験をした後なのだから。
『――アルマ、おまえをフェローズ家から追放する』

まだ耳に残る父の声。

瞳を閉じれば、浮かんでくる父の冷たい表情。

屋敷《やしき》で荷造りをして出ていくとき、俺に声をかける人は誰もいなかった。

俺は本当に今までなんのために生きてきたのだろう。

父が強くなれ、と言うから俺は認めてもらいたくて、父のために努力してきた。

魔法の勉強も、剣術の訓練も、人一倍努力したが……すべて無駄に終わったのだ。

悔しい、なんて気持ちは全然湧かなくて、悲しさだけがずっと胸を締め付ける。

「……なぁ、あれって」

「……あぁ、そうだよな」

ヒソヒソ、と話している客が多い。

そしてそういう客は漏れなく俺の方をチラチラと見ている。

もう随分と有名になっているようだ。

確かに、良い話のネタにはなるのだろう。

まさかギフトを授かれない者が現れて、しかもそいつは《賢者》の息子なんてな。

既にこれだけ俺のことが広まっているようなら、もう帝都で暮らしていくのは難しいかもしれない。

「おい、おまえフェローズ家の息子だろ？」

「ギフトが何もないんだってな」

体格の良い冒険者のような奴《やつ》らが話しかけてきた。

……勘弁してくれよ。

「金貸してくれよ。貴族なんだろ？　いっぱい持ってるだろうがよ」

もう勘当されたから貴族じゃないし、金も5万ゴールドしかない。

「何無視してんだよ。ギフトなしの無能のくせに」

……なんで見ず知らずの奴にもばかにされなきゃいけないんだよ。

くそ、俺にギフトさえあれば……！

ギフトさえあれば、こんなことにはなってなかったのにな……。

……いや、ギフトがなかったから気づけたこともあったのかもしれない。

ハハハ……どっちにしろ悲惨だな。

『ギフト《転生者》が発動しました。前世の能力と記憶が蘇《よみがえ》ります』

なにか声が聞こえてきた。

……え、なんだ⁉︎

ギフト？

《転生者》？

一体どういうことだ？

それに前世の能力と記憶って一体……。

そう思ったのも束《つか》の間《ま》だった。

脳内に膨大な情報が流れ込んできた。

「ぐっ、あああ……っ！　があああああっ！」

頭がエグられているような感覚だった。

しばらくの間、俺は苦しみに耐えるのに精一杯だった。

何度か意識を失いかけたが、なんとか耐え切った。

「ハァ……ハァ……スーッ……ふぅ～」

深呼吸をして、呼吸を整える。

――そうか、なるほどな。

なぜ俺が15歳になったとき、ギフトを授からなかったのか。

それは、俺が既にギフトを所持していたからだ。

ギフト《転生者》。

これは俺が一度目の人生で授かったギフトだった。

《転生者》の能力は、一度だけ転生することができて、15歳になると能力と記憶が引き継がれる、というものだ。

俺はこれを授かったとき、最大限有効活用してやろうと考えた。

だから一度目の人生は、ひたすらに強くなることを選んだ。

一度目の人生で世界最強になってしまえば、二度目の人生は楽しく暮らせる、そう思ったのだ。

そして俺は一度目の人生で魔法をきわめた。

永年の努力の末に俺はすべての魔法を会得した。

だが、得たものは魔法だけ。

国や世界を救ったこともあったが、友人や恋人と言える存在はできなかった。

しかし、そんな悲惨な人生に見合うだけの実力は身に付けていた。

その実力が今――引き継がれた。

「ありがとう……一度目の俺……」

一度目の人生は、思い返せばとても辛《つら》いものだった。

それが二度目の人生でようやく報われる。

「――き、貴様っ！　何をやっている！」

声の主を見ると、騎士が剣を引き抜き、こちらに向けて構えていた。

「え、ど、どうしたんですか？」

「どうもこうもあるか！　その膨大な魔力を垂れ流して一体何をするつもりだ！」

「あっ……」

俺の近くには、先ほど絡んできた冒険者の二人が口からブクブクと泡を吹き出して床に倒れていた。

周りを見ると、騎士以外の客が同じようにして床に倒れていた。

前世の能力が突然蘇ったせいで、膨大な魔力が垂れ流しになっていたようだ。

その魔力に耐えきれずに多くの人が気絶してしまった。

俺は急いで体外に放出されている魔力を制御し、抑える。

でもちょっと遅いよな……。

やっちまったな……これ。

「騎士として、フェローズ家の者とはいえ容赦はしない……！　いや、既にフェローズ家からは追放されたのだったな！」

「ちょ、ちょっと待ってください！　誤解なんです！」

「これだけの人間を気絶させておいて誤解などありえるか！」

そう言って、騎士は問答無用で襲いかかってきた。

……ダメだ。

何を言っても聞く耳を持たないようだ。

それなら申し訳ないけど、気絶してもらうしかない。

「【ホロウ】」

闇魔法【ホロウ】は相手の意識を刈り取る魔法だ。

魔法に耐性のない相手にはかなり有効である。

見たところ、先ほど垂れ流しになっていた魔力に耐えられたのは彼の精神力によるものだろう。

騎士の頭部を黒色の靄《もや》が包み込んだ。

そして、騎士は意識を失い、床に倒れ込んだ。

店内を見回せば、意識があるのはどうやら俺だけのようだった。

「あとは……【エアリアス】っと」

倒れている人に回復魔法【エアリアス】をかけた。

これで後遺症が残ることはないだろう。

そして俺は酒場の代金を机の上に置いて、

「……ごめんなさい」

扉の前で深く頭を下げて店を出た。

酒場から出た俺は宿屋に泊まった。

今後の予定は、乗合馬車で今いるエリステラ帝国から出るために西へ行く。

帝国を出た後は、商業都市や迷宮都市などの小国家群を抜け、ファーミリア王国に入国する。

ファーミリア王国はエリステラ帝国に並ぶ大国だ。

これからの拠点にするのに申し分ない。

そういった理由から、とりあえず俺はファーミリア王国を目指すことにした。

……そういえば、前世ではファーミリア王国は存在してたけど、エリステラ帝国はなかったな。

まぁ200年も経過していれば、そういう出来事があっても全然おかしくはない……っていうか、そっちのほうが自然だよな。

翌日、俺は宿屋を出たあと、乗合馬車に乗るため、停留所へ向かった。

フェローズ家の屋敷から近いこのあたりでは、俺の顔を知っている者が多い。

だからあまり人気のない早朝に俺は動き出した。

それでも何人かは通行人がいるようだった。

そして、停留所へ向かう途中、思わぬ人物が路地裏から姿を見せた。

俺がこの道を通ることを想定していたかのようなタイミングだった。

金髪で長身。

紫色の瞳。

薄笑いを浮かべながら彼は口を開いた。

「よぉ、アルマ。いや、それとも無能と呼んだほうがいいか？」

「キース兄さん……」

キース兄さんはフェローズ家の次男だ。

ギフト《紫電の魔法使い》を授かっており、歳《とし》は俺よりも一つ上だ。

「おまえさ、昨日酒場で暴れたらしいな。父上がご立腹だったぜ」

「それは誤解です。俺は別に酒場で暴れたわけじゃなくて……」

「そうかそうか、分かったよ。正直俺的には昨晩の一件はどうでもいい。俺はおまえを叩き潰したい。ただ、それだけなんだ」

「なぜ……？」

「くっくっくっ、アルマ、俺はなぁ、昔からおまえのことが嫌いだったんだよ」

「……」

キース兄さんがまさかそんなことを言うとは思わなかった。

仲が良いというわけではないが、実力を伸ばすために切磋琢磨《せっさたくま》し合っていた。

「おまえと比較される日々にはウンザリだった。いつも、どれだけ努力しても弟であるおまえのほうが優れた結果を出しやがる。そんなおまえが憎くて仕方なかった。だからギフトを何も授からなかった、と聞いたときはかなりスカッとしたよ」

「そう、ですか……」

驚いて、悲しくなって、納得した。

「というわけでアルマ、これ以上我が家を汚《けが》すような真似《まね》は許されない。ここで始末させてもらうぞ」

「しかし、通行人が……！」

「通行人の一人や二人、関係ないな。おまえの始末が最優先だ」

話が通じる様子はない。

これは応じるほかなさそうだ。

「……分かりました。どうやら何を言っても無駄みたいですね」

「ああ、物分かりが良くて助かる。流石《さすが》アルマだ。ま、今となってはギフトすらもらえなかったただの無能なんだがなァ！」

ビリビリ、とキース兄さんの周りに雷が発生した。

それが戦闘開始の合図だった。

「【ライトニングボール】」

電気で構成された直径30㎝ほどの球体が飛んでくる。

雷魔法の中でも初歩的な魔法であるが、使い手によって威力は変化する。

侮ってはいけない。

雷属性に相性が良いのは土魔法だ。

キース兄さん相手には土魔法で戦うとしよう。

「【ロックシールド】」

地面が変形し、俺の前面を塞ぐ壁となった。

「なにっ⁉　おまえ土魔法を使えたのか！」

キース兄さんは驚いているようだったが、それも無理はない。

ギフト《転生者》が発動する前までは俺も土魔法を使えなかった。

ギフトがなくても魔法は使えるが、会得するにはかなりの努力が必要だ。

魔法の属性によって、個人の適性があり、そのあたりは才能に左右される。

ま、ギフトを授かればそれだけで魔法をかなり覚えやすくなるので、現代では才能よりもギフトが重要視されるようになったのだろう。

土属性魔法は前世でも少し適性は低かったが、今世でもそれは変わらなかったみたいだ。

まったく、キース兄さんは俺の実力をかなり正確に把握してる。

それでギフトを授かってないこの状況なら勝てる、と思ったようだ。

実際、ギフトが覚醒してなければキース兄さんに手も足も出なかっただろう。

「こっそり練習してました」

「……ふん、まぁいい。おまえが雷魔法に有利な土魔法を使えたところで俺の勝利は変わらない」

キース兄さんは自分の魔法に随分と自信があるみたいだ。

確かに《紫電の魔法使い》はそれだけの自信を持っても許される強力なギフトだ。

「な、なんだなんだ⁉」

「戦いが始まったぞ⁉」

通行人は驚きを隠せない様子だ。

キース兄さんの魔法が万が一にでも通行人に当たれば大怪我《おおけが》はまぬがれない。

……仕方ないな。

こちらも本気でキース兄さんを仕留めるとしよう。

「キース兄さん、今度は俺から仕掛けさせてもらうよ」

土の壁越しに俺はそう言った。

だから、キース兄さんは俺がまだその壁の向こうにいると思っているだろう。

「できるならやってみろよ。だが、俺は待つ気なんて微塵《みじん》もないけどなァ！　──【エルレガン】！」

長さ２ｍほどの雷槍《らいそう》がキース兄さんの頭上に形成された。

強力な魔力が込められているのが分かる。

雷魔法でも上位にあたるものだ。

「ハッハッハッ！　こいつは土の壁なんざ簡単に貫くぜ！」

そうして放たれた雷槍は、キース兄さんの言うとおり土の壁を破壊し、それでもなお勢いを止めなかった。

「ギャアアア！　土の壁が壊れたァ！」

「勘弁してくれェェ!!」

通行人は腰を抜かしている。

これ以上、この人たちに迷惑はかけられない。

安全な方法で片付けよう。

「……ハァァ⁉　ア、アルマがいないだとォ⁉　一体どこに行きやがった！」

手応えがないのを感じ取ったキース兄さんは、ようやく俺が壁の向こう側にいないことに気づいたようだ。

今、俺がいるのはキース兄さんの横にある建物の屋根の上だ。

方法は至って簡単。

空間魔法【テレポート】を無詠唱で発動しただけだ。

ただ、無詠唱は詠唱するよりも多くの魔力を消費してしまう。

相手に魔法の発動を気づかれたくないとき以外は、素直に詠唱するのが一番だ。

そして、次はこちらに注意を向けさせる。

「――ここだよ、キース兄さん」

キース兄さんはハッ、と上を向いた。

「おまえ、いつの間にそんなところに！」

「だから言っただろう？　俺から仕掛けるって」

「ハハ、でもそんなところに移動しただけでいい気になってもらっちゃ困るなぁ！　それに自ら居場所を教えてしまうとはなんとも間抜けだなアルマ。一撃ぐらいは不意をつけたというのにさ！」

「俺が居場所を教えたのはね、もう勝負はついているからだよ」

「……なんだと？」

魔法を発動した直後は隙が大きくなる。

今俺がキース兄さんに声をかけたのは、その隙を継続させるために過ぎない。

「【ロックプリズン】」

キース兄さんを取り囲むように瞬時に土の壁が形成された。

上下左右、もう逃げ場はない。

「【プレスロック】」

そして土の密度を上げ、より強固なものにする。

キース兄さんはいくつか雷魔法を詠唱していたが、ビクともしないのを見て、無駄だと分かったようだ。

「なんだこれは！　おい、アルマ！　ここから出せ！」

俺が土の牢獄《ろうごく》に近づくと、キース兄さんは文句を言ってきた。

「出せと言われて出すばかはいませんよ」

「おまえいつの間にこれだけの魔法を……！　クソッ！　マジでいつかぶっ潰してやるからな！」

大激怒している。

これ以上は何も言わないほうが良さそうだ。

あ、でもこれだけは言っておこう。

「キース兄さん、これから俺は東の港に行き、この大陸を離れます。なのでこれ以上追ってくるような真似はやめてくださいね」

もちろんキース兄さんが俺を追ってくることを予想した嘘《うそ》である。

「アルマァァ！　貴様ァァ！！！」

土の壁越しでもキース兄さんの怒声はかなり聞こえてきた。

俺は一息ついて、乗合馬車の停留所に向けて歩みを進める。

「ありがとうございます……助かりました」

「あなたは命の恩人です……」

そこに通行人が俺に駆け寄ってきた。

「いえ、この騒動自体俺が引き起こしたようなものですから……こちらこそご迷惑をおかけして申し訳ないです」

「そんなそんな！　頭を上げてください！　色々な事情はあるかもしれませんが、私たちを助けてくれたのは事実です！　本当にありがとうございます……！」

「もしかしたらここで死ぬんじゃないかと思いましたから……。助けていただき、ありがとうございます……！」

俺を見ても無能、と蔑《さげす》む気配はない。

ということは、どうやらこの人たちはフェローズ家のことをあまり詳しく知らないようだ。

しかし……人に感謝されたのは久しぶりだ。

「どういたしまして。……それと俺のほうこそありがとうございます」

俺の感謝に対して二人は不思議そうにしていた。

だけど、それでいいんだ。

だって、彼らのおかげで俺はなんだか肩の荷が少し下りたような……そんな気がしたのだから。

土の壁に閉じ込められてしまったキースは、その後なんとか救出された。

そして、キースはこのことを父であるヴァン・フェローズに報告した。

「キース、貴様……！　何をやっている！」

「も、申し訳ございません。父上」

「ギフトももらえなかった無能に敗北するとは、貴様もフェローズ家の恥さらしだな」

「し、しかし父上。アルマの実力はギフトがないとはいえ、並の魔法使いを圧倒するものです」

「ええい、黙れ！　……いや、待てよ。……ふむ、それならばアルマを連れ戻すのも一つの手だな」

アルマがキースに勝利した、という事実から父のヴァンはアルマの評価を少し改めることにした。

ギフトがないことで他の貴族からばかにされることはあるだろうが、実力は申し分ないレベルといえる。

しかし、その判断がキースは許せなかった。

（アルマを連れ戻すだと？　そんなのたまったもんじゃない）

キースは感情が顔色に出ないよう、深呼吸をした。

（ふぅ〜、落ち着け。これは俺が対処すればいいだけのことだ。父はきっと、アルマを連れ戻すために魔法使いのエリートを雇うだろう。そうなればアルマが連れ戻される可能性は高いとみていいはずだ）

父の考えを先読みし、キースはアルマの帰還を阻止しようと考えた。

（そうだ！　アルマは確か、これから東に向かうと言っていた。ならば、父にアルマは西に向かうと報告して、俺が東に行けばいいではないか。そして、父の追っ手が来る前にアルマを消す。……ふふ、我ながら見事な作戦だ）

キースの思惑は、見事に空振りしていた。

「父上、それならばアルマは西に向かい、ファーミリア王国を目指すと言っていました」

「ファーミリア王国、か。なるほど、確かにあそこは我が国と並ぶ大国だ。帝国にいられなくなったアルマが目指すには絶好の場所と言えよう」

アルマから聞いたのと真逆の内容を述べたキースは、見事に父にアルマの行動を的中させてしまった。

「では、ファーミリア王国方面に追っ手を送るとしよう。キース、貴様はもっと魔法の腕を磨いておけ。下がって良いぞ」

「分かりました。精進《しょうじん》します」

キースは父の書斎から出てくると、ニヤリと顔を歪《ゆが》めた。

(待っていろよ、アルマ。この恨みは必ず晴らすからな！)

第2話　初めての友達

乗合馬車に乗った俺はエリステラ帝国の西部へ順調に移動していった。

馬車に乗っている間、考える時間がたくさんあったので、俺はこれからの目標を立てることにした。

まずは大前提として「幸せになること」だ。

これだけは見失ってはいけない。

前世からの目標だからな。

それじゃあ、どうすれば幸せになるのか。

俺は幸せっていうものを少し具体的に挙げてみることにした。

友達を作る。

結婚をする。

子供を作る。

……あれ？

改めて考えてみると、あまり何も浮かばないな。

幸せっていう奴《やつ》は案外欲張りじゃないのかもしれない。

それなら今の俺は一体何をしたいのだろうか。

フェローズ家から無能の烙印《らくいん》を押され、追い出された身である俺は一体何をしたいのか。

復讐《ふくしゅう》……なんてことをする気は一切起きないな。

復讐なんてものは、幸せと正反対の行いだろう。

……でも俺だって悔しいって少しは思う。

今までの努力を否定されて裏切られたんだからな。

見返してやりたいって思うさ。

ん……？　見返す……？

そうか！

なんだ、見返してやればいいのか！

それなら話は簡単だ。

フェローズ家が追い出した三男は、実は優秀な人間だったってことを示せばいいだけだ。

きっと父は俺が成功を収めれば収めるほど、追い出したことを後悔するだろう。

よし、決まりだ。

当面の目標は「フェローズ家を見返す」だな。

……しかし、目標が決まったはいいものの、所持金が段々と少なくなってきているな。

いちおうこの調子なら、エリステラ帝国の関門を抜け、商業都市や迷宮都市の多い小国家群に入ることはできるはず。

だが、そこからファーミリア王国に行くまでの資金は足りない。

どこかで金を稼がないといけないな。

――そんな俺の予想は見事的中。

帝国を抜け、商業都市タリステラに到着したところで一度足を止めるしかない状態になった。

宿屋の主人に2000ゴールドを渡して、ついに所持金は1000ゴールドになってしまった。

困ったな……。

「ん？　いや、待てよ」

宿屋の一室で俺はあることを思い出した。

俺、自分の能力がどこまで戻っているのか何も確認していないな。

ギフト《転生者》が発動したときは、疲労ですぐ寝ちゃったし、今まで馬車で移動してきて人目があったからそんなこと確認する暇もなかった。

ということで、前世からどれだけ能力が引き継がれているのかな。

「まずは自分自身に【鑑定】をかけてみよう」

【鑑定】をかけると、透明な板が現れて、そこには俺のステータスが表示されていた。

［名　前］アルマ

［レベル］　１
［魔　力］　１０００００
［攻撃力］　１５００
［防御力］　１５００
［持久力］　１５００
［俊敏力］　１５００

うーむ、前世どおりの魔力しか取り柄のないステータスである。

「……ん？　なんだこのレベル」

レベル１だ。

確かに今世ではモンスターを倒したことがないからそれも納得なんだけど、前世の能力が引き継がれるんだろ？

だったら、レベルも引き継がれてないとおかしいはずだ。

確か前世のレベルは５０００ほどだった。

もうこれ以上強くなるのは難しいと思っていたのだが、これは……。

「もしかして、更に強くなることができるのか……？」

レベル以外のステータスは引き継がれた。

ギフト《転生者》の能力は15歳になったとき、前世の能力と記憶が引き継がれるというもの。

つまり、レベルは能力に含まれないのか？

「そうか……レベルは考え方によっては能力の成長具合と見ることもできるのか」

レベルが上がると、能力は上昇する。

この関係が成立するのならば、確かにレベルは能力には含まれないのかもしれない。

しかしこれは、俺がたどり着いた仮説でしかない。

ただ、実際にレベルが引き継がれてないことを考えると、あながち間違ってはいないのかも。

「じゃあ、やっぱり更に強くなることも可能ってわけだな。ま、強くなることは前世で散々やったし、優先順位は低いけどなぁ」

フェローズ家を追い出された今、モンスターを倒す機会は以前よりも頻繁に訪れるはずだ。

レベル1なら適当に生活しているだけでレベルは上がっていくだろう。

「それじゃあ次は――【アイテムボックス】っ！」

空間魔法【アイテムボックス】を唱えた。

これは異次元に自分だけの空間を作成し、アイテムを収納する魔法だ。

収納スペースは、自分の魔力によって変化する。

俺の魔力は結構多いほうだったので、前世はとりあえず困ったら【アイテムボックス】に収納していた。

【アイテムボックス】を唱えると、【鑑定】のときと同じように透明の板が現れた。

［竜神の剣］×1
［海王神の槍《やり》］×1
［不死鳥の弓］×1
［冥界王の鎌］×1

あ、前世にぶち込んでたものがそのまま入っているようだ。

こうして見返すと、とんでもないものがいっぱい入っている。

「ん？　それなら金銭問題は簡単に解決できそうだな」

透明の板をポチポチと触り、収納されているジャンルを《装備》から《素材》に変更する。

［竜王の牙］×5
［暗黒牛鬼の角］×23
［不死鳥の羽根］×8
［子鬼帝王の爪］×12

ほかにもいくつもの素材が入っている。

結構価値の高い素材は多そうだ。

明日、【アイテムボックス】に入っている素材を冒険者ギルドにでも売りに行こうかな。

そうすれば、いくらか金にはなるだろう。

「ふぅ、ひとまず金銭面での心配はなくなったな」

悩みの種がなくなった俺は、宿屋のベッドでぐっすりと眠りについたのだった。

◇

翌朝、俺は冒険者ギルドにやってきた。

実は前世で冒険者ギルドを利用したことはない。

理由は単純明快で強くなるのに必要だと思わなかったからだ。

冒険者ギルドで活動する時間を全部レベル上げや、自己鍛錬に回せばいいだけのこと。

効率なんて考えずに一度目の人生すべてを注《つ》ぎ込《こ》んで強くなればいい、と考えていたからできただけかもしれない。

冒険者ギルドの扉を開けると、ざわざわと賑《にぎ》やかな雰囲気。

うーん、どこで素材を買い取ってもらえるんだろう。

受付のカウンターには冒険者が何人か並んでいる。

質問するためだけに並ぶのもなんか気が引けるな。

他の冒険者の迷惑になりそうだ。

あ、そうだ。

だったらここを利用している冒険者にどこで素材を買い取ってもらえるか聞けばいいだけじゃないか。

冒険者ギルドには食堂がある。

そこへ行って、俺は休憩している茶髪の男性冒険者に声をかけることにした。

見た目からして俺とあまり歳《とし》が変わらないようだ。

ギフトをもらったばかりの駆け出し冒険者なんじゃないだろうか。

「すみません、ちょっとお尋ねしたいことがあるんですけど、大丈夫ですか？」

「ああ、いいぜ」

快く返事をしてくれた。

「魔物の素材ってどこで買い取ってくれますかね？」

「それならあそこのカウンターだよ。しかしなんだ、冒険者ギルドの利用は初めてか？」

「はい、そうですね」

「じゃあおまえもこれから駆け出しの冒険者になるわけだ」

「それが……実はちょっと迷ってます」

「まあそうだよなぁ。冒険者稼業ってのも良《い》いことばかりじゃないからな」

「魔物の素材だけを買い取ってもらいたいんですよね。そして、できることならファーミリア王国を目指そうと思ってます」

「なるほどな。デカい国を目指すのは良い考えだと思うぜ。それに、この商業都市はあまり冒険者ギルドの規模は大きくないわりにみんな冒険者になりたがる。だから変なカースト制度みたいなのがあってよ、あんまり居心地はよくねえんだ」

「じゃあ駆け出しの冒険者って結構立場がよくなかったり……？」

「そうなんだよ～。俺もそれで色々苦労してんだよなぁ。だからおまえが冒険者になるって言い出してたら必死に止めるところだったぜ」

この人……めっちゃ良い人だ……。

「優しいんですね。えーっと、名前は……」

「俺はラウル。よろしくな！」

「アルマです。よろしくお願いします」

うーん、貴族のときの喋《しゃべ》り方が抜けないなぁ～。

ラウルの喋り方を見習って、もうちょっとフレンドリーに接していきたいな。

「よし、じゃあ早速アルマの持ってる素材を買い取ってもらいに行こうぜ。これも何かの縁だし、ついていってやるよ」

「おおー！　それはめちゃくちゃ助かります！」

「へへっ、良いってことよ」

そして俺たちは魔物の素材を買い取ってもらうために、カウンターの前にできている冒険者の列に並ぶのだった。

素材はいくらで買い取ってもらえるだろうか。

うーむ、こんなことならフェローズ家にいた頃にもう少し色々と勉強しておくべきだった。

そんな余裕はなかったかもしれないけど。

それに前世も人と関わることなく、強くなることだけに集中していたからなぁ。

まったく、困ったもんだ。

さて、俺の勘だとたぶん［竜眼］や［火竜の爪］とか［火竜の鱗《うろこ》］はあんまり希少価値は高くないと思っている。

だから俺みたいな奴でも売りに行くのは不自然じゃないと思うんだよな。

……うん、きっと大丈夫でしょう！

「本日はどのようなご用件でしょうか？」

順番が回ってきた。

カウンターの前に座る美人の受付嬢はニコッと笑った。

「魔物の素材の買い取りをしていただきたくて」

「素材の買い取りですねー。冒険者ギルドに登録されていますか？」

「あ、いえ、してないです」

「そうですか、素材の買い取りは冒険者ギルドにご登録した冒険者にしかできない決まりになっているのですが、どうされますか？」

「えーっと、それじゃあ――」

「付き添いの俺はちゃんと冒険者ギルドに登録しているんで大丈夫ですよね？　ねっ！」

俺が冒険者登録をしようかと思ったときに一緒に付き添ってくれていたラウルが口を開いた。

ラウルは俺の顔を見て、ニコッと笑って親指を立てた。

おまえ、本当に良い奴だな……。

「それでしたら何も問題ございません。素材の査定は倉庫にて行っておりますので、どうぞこちらへ」

受付嬢が素材の査定を行っている倉庫まで案内してくれるようだった。

俺とラウルは受付嬢の後についていく。

「ありがとな。助かったよ」

「いいっていいって。気にするなよ」

ラウルは明るい笑顔で手を横に振った。

「こちらが倉庫になります。中に職員がいるので、あとはその人の指示に従ってくださいね」

「はい、ありがとうございます」

俺は受付嬢にお辞儀をして、倉庫の扉を開いた。

倉庫の中は結構広い。

職員がいるって言ってたけど……あ、あの人か。

中年の男性職員が倉庫に置かれている荷物を整理しているようだった。

「ん？　なんだい、素材を売りに来たか？」

「はい、売りに来ました」

「よし、それじゃあ素材をそこら辺に置いてくれ」

男性職員は何もないスペースを指さした。

「分かりました」

俺は【アイテムボックス】を使用する。

透明の板が出てくるので、出したい素材をポチポチと選んでいく。

「……一体何をしているんだ？」

男性職員が不思議そうにしていた。

「お、おい。そんなところでボーッとしてないで早く素材を出したほうがいいんじゃないか？」

ラウルも大丈夫か？　といった具合で心配している。

……ああ、なるほど。

二人にはこの透明の板が見えないのか。

だから俺が今、取り出す素材を選択しているということも分からないわけだ。

「大丈夫、大丈夫。もう少しで素材は選び終わるから」

「『選び終わる……？』」

ラウルと男性職員は首を傾《かし》げた。

うん、こんなもんでいいかな。

素材を選び終わった俺は、【アイテムボックス】からそれらを取り出した。


何もないところから突然現れた素材。

宙に現れたので、それらはすべて地面に落ちていく。

どーんっ！

「……い、一体どこから取り出したんだ？」

何が起きたのか分からない、という感じで男性職員は天井を見上げた。

もちろん、天井には何もない。

「……おまえは手品師かっ！」

ラウルは俺の胸に軽く平手打ちをした。

「これは手品じゃなくて【アイテムボックス】っていう魔法だよ」

「ア、アイテムボックスだって⁉　……一体、なんだそりゃ」

どうやらラウルは【アイテムボックス】を知らないようだった。

「【アイテムボックス】だとぉ⁉　おまえその歳でとんでもない魔法を持っているんだな！」

一方で男性職員はめちゃくちゃ驚いていた。

「えっと……アルマの持っている魔法ってそんなにすごいんすか？」

少し戸惑いながらラウルは言った。

「ああ、持っているだけで商人として成功を収めるのは容易《たやす》いって言われてるぐらいだぜ？」

「うおおおおおおっ⁉　マジっすか⁉　やったな、アルマ！　おまえとんでもない魔法を持っているらしいぞ！」

「……まぁ確かに便利だけど、流石《さすが》に商人として成功を収めるにはそれだけじゃ難しいよ……。たぶん俺、商才とかないだろうし」

「謙遜するなって！　それだけすごい魔法を持っているんだからさ！　ははははっ！」

「――オイオイ、ちょっと待って！　なんだこの取り出された素材は！」

素材を目にした男性職員は仰天した。

……しまった。

もしかすると、品質の良くない素材ばかりだったのかもしれない。
もう少し良さげなものを選ぶべきだったか……。
「……もしかして買い取りできない素材だったり？　すみません、冒険者ギルドの利用は初なもので……」
取り出した素材は、
〔竜眼〕
〔火竜の鱗〕
〔火竜の爪〕
〔火竜の牙〕
〔火竜の尻尾〕
〔子鬼将軍の腰巻き〕
〔子鬼将軍の皮〕
〔黒曜熊の爪〕
〔黒曜熊の牙〕
〔黒曜熊の皮〕
これらを1つずつだ。
まだまだ【アイテムボックス】には残っているが、ひとまずこれだけ買い取ってもらえれば数万ゴールドはいくんじゃないかと思ったんだけど……。

この様子だとダメかもしれない。


「ばかっ！　その逆だよ！　ぎゃ！　く！」

「ほえ？」

「こんな高価な素材をなんでこんなに持ってるんだ⁉　しかも市場に出回らないようなものばっかりだ！　頼む！　ウチで買い取らせてくれ！」

男性職員は土下座をした。

「あ、はい……ぜひ、よろしくお願いします。それと土下座はしなくても大丈夫ですよ」

「いやー、ありがとう！　今から良い値で査定するからな！　少し待っててくれ！」

男性職員はそう言って、ウキウキで素材の査定を始めるのだった。

「……おまえとんでもない奴だったんだな」

ラウルが男性職員の姿を見ながら言った。

「いや、そうでもないよ。ラウルがいないとこれだけスムーズに進まなかったと思うし」

「よせよ～。俺は別に何もしてない……ってか、本当に何もしてないからな」

ぐぅ～。

ラウルのお腹《なか》が鳴った。

「あっ」

「腹減ったのか？　それなら、この後一緒に食事でもどう？　今日のお礼をさせてくれよ」

「い、いいのか⁉」

「もちろん」

「く、くぅ～……。じゃあお言葉に甘えさせてもらうぜ」

「あはは、じゃあ素材が高値で売れることを一緒に祈ろう」

「そうだな。……まぁ、あの様子だと結構な値がつきそうだけどな」

男性職員は素材を一つずつ、真剣な表情で査定していく。

１つ終わるたびに紙に何かを記入していき、30分ほどですべての素材の査定が終了した。

「ふぅ～、久しぶりにこんな上質な素材を査定したぜ」

「お疲れ様です。それでいくらぐらいになりましたか？」

「ああ、全部で２５０万ゴールドだな」

「に、にひゃっ⁉」

「た、たっけぇ‼」

俺とラウルはあまりの査定額に驚愕《きょうがく》した。

まさかそんなにするとは思いもしなかった。

「いやー、【アイテムボックス】に保管されていただけあって、品質はバッチリだったぜ」

男性職員は、満足げにそう言うと、査定のときに記入していた紙をこちらに手渡した。
紙には素材ごとの査定結果が記入されていた。

〔竜眼〕　10万ゴールド
〔火竜の鱗〕　30万ゴールド
〔火竜の爪〕　33万ゴールド
〔火竜の牙〕　35万ゴールド
〔火竜の尻尾〕　50万ゴールド
〔子鬼将軍の腰巻き〕　17万ゴールド
〔子鬼将軍の皮〕　15万ゴールド
〔黒曜熊の爪〕　20万ゴールド
〔黒曜熊の牙〕　20万ゴールド
〔黒曜熊の皮〕　20万ゴールド

「こんな値段で買い取ってもらえるのか……」
俺は口をポカーンと開けながら言った。

その様子を見たラウルも俺に寄ってきて、紙を見た。

「おぉ……こりゃすげえな……。こんな査定結果見たことねえよ……」

「そりゃそうだ。この街の冒険者に、これだけの大物を仕留めろっていうのは酷な話だよ。だからこういう機会でなきゃ、こんな心の躍る査定はなかなかできねェんだ」

男性職員はそう言って、言葉を続ける。

「金は、その紙を受付に持っていって、あっちでもらってくれ。ここじゃ金の用意はないからな」

「わ、分かりました」

戸惑いながら応えた。

こんな大金いきなり手に入るとか……あんまり現実味がない話だな。

それに【アイテムボックス】の中身はまだまだ大量にある。

そいつらを売っていけば、当分金には困らないってことか……。

「それにしてもこんな素材どこで手に入れたんだ？　倒したってわけないよな？」

男性職員は興味深そうに聞いてきた。

前世で倒しました、なんて言っても信じるはずがないだろうな……。

「実家を追い出されたとき、これを売って金にしろってもらったんです」

「なるほど……複雑な家庭事情がありそうだ。深くは聞かないでおこう」

「助かります」

詳しいことを聞かれるとボロが出そうだから、男性職員の気遣いは本当に助かった。

そして俺とラウルは受付嬢に案内された道を引き返した。

「……おまえ、色々と苦労してんだな」

ラウルは切なそうな表情で言った。

「そうでもないよ。今となっては実家から追い出されたほうが良かったたって思うしさ」

「ハハ、つええんだな」

「んー、そうかな？」

「ああ、前向きになれるのも強さの一つだからな」

「そういうもんか？」

「そういうもんだ。ほら、受付に着いたぜ」

受付では先ほど冒険者の列があったのに、今は誰も並んでいない。

「お、冒険者たちは依頼を済ませに出かけているみたいだな。また並ばなくて済むぜ」

ラウルが言った。

なるほど、先ほどの列は冒険者たちが依頼を受けるための列だったようだ。

受付嬢も一段落ついたたって雰囲気だ。

「すみませーん、素材の査定が終わりましたー」

案内してくれた受付嬢に声をかけた。

「あ、それでは、査定結果の書かれた紙をいただけますか？」

「どうぞ」

俺は受付嬢に先ほどもらった紙を渡した。

「エ――――ッ⁉　にひゃっ⁉」

受付嬢は大きな声を出した後に、自らの右手で口を塞いだ。

そして、申し訳なさそうに何度も頭を下げた。

「……取り乱してしまい、申し訳ございません」

「いえいえ、大丈夫ですよ。さっき俺たちもそんな反応でしたから」

「……すみません、ありがとうございます。それではこちらの金額を今ご用意するので、あちらの椅子に座ってしばらくお待ちください」

「分かりましたー」

というわけで椅子に座る俺とラウル。

しかし、ラウルはなんだか静かだ。

「どうしたんだ？　ラウル」

「……いや、ちょっとな」

明らかにラウルの様子がおかしかった。

すると、俺たちのもとに向かってくる足音がした。

気配がする方を向くと、３人組の冒険者がこちらに歩いてきていた。

歳は俺たちより上で、なんだか態度が偉そうだ。

「よぉ、ラウル。今日は依頼を受けてないみたいだな」

「そんなんで今日の分の冒険者料金は払えるんだろうな？」

「あ、ああ。もちろんだとも」

ラウルの声は少し震えていた。

それにしても冒険者料金ってなんだろうか。

あまり良い響きはしないな。

「で、そちらの方は新しい冒険者かな？」

「いえ、俺は……」

「違いますよ、こいつは冒険者じゃなくて、ギルドを利用しにきた依頼者なんです！　実は俺、このあとこの人からの依頼を受ける予定でして！」

ラウルが慌てて、俺の言葉を遮った。

「ほほう、依頼をねぇ……」

ラウルに疑惑の目線を向ける３人の冒険者たち。

「アルマさーん！　ご用意できたので、受付までお越しください！」

「はーい！」

どうやらお金の用意が済んだようだ。

しかし、今行くのもラウルに悪いんじゃないかな？　と思っていると、

「行ってこいよ。俺はちょっと用事ができたから、また後でな」

「お、おう」

ラウルはそう言うと、立ち上がって３人の冒険者たちとどこかに行ってしまった。

『――俺もそれで色々苦労してんだよなぁ。だからおまえが冒険者になるって言い出してたら必死に止めるところだったぜ』

その光景を見て、俺は最初にラウルと話したときの言葉を思い出した。

「アルマさーん！」

「あ、今行きまーす！」

受付嬢からお金を受け取ってから、少し動くとしよう。

……この嫌な予感が杞憂《きゆう》であればいいのだが。

受付嬢から２５０万ゴールドを受け取った俺は、ラウルの後を追うことにした。

あのラウルの様子はどう見ても、奴らに同行しているのが不本意なようにしか見えない。

だから一刻も早くラウルを発見したい。

しかし、受け取り終わった頃にはラウルの姿は見えなくなっていた。

だけどそう遠くには行っていないはずだ。

「……あれ、なんでだ？」

ふと、自分がなぜこれだけ人のために行動を起こそうとしているのか気になった。

前世ではあまり人とコミュニケーションを取ることはなかった。

今世でも貴族の子息としての付き合いはあったものの、友達と呼べる間柄の人はいなかった。

先日、通行人を助けたのもそれは自分の思う「良い行い」をしたからに過ぎない。

……しかし、今回のラウルの件に至っては不確定要素を多く含んでいるものの、心配で後を追うようなものだ。

余計なお節介だと捉えることもできる。

これだけ自問自答をして、ようやく単純な答えにたどり着いた。

「あ、そっか」

「俺はラウルと友達になりたいのか……」

俺の思う「幸せ」に友達の存在は欠かせない。

きっと、友達は誰でもいいってわけでもないのだろう。

いや、もしくは誰でもいいのかもしれない。

ただ、一つ確かなことは——ラウルと仲良くなりたい、という思いだ。

……まったく、こんな簡単なこともすぐに気づけないとはな。

人とコミュニケーションはしっかり取るべきだったかもしれない、と痛感している。

「【サーチアイ】」

俺は小声で魔法を詠唱した。

索敵魔法【サーチアイ】は自身から半径1㎞圏内の視覚情報を瞬時に得ることができる魔法だ。

脳内に流れてくる街の風景。

その中から欲しい情報を探すのは至難の業《わざ》だが、俺はもう慣れている。

——見つけた。

ここから200m先の倉庫にいるようだ。

あの冒険者3人組がラウルを取り囲んでいる。

ラウルの頬は赤く腫れている。

身に着けている衣服も汚れており、殴って、蹴っての暴行が行われているようだ。

「ただのいじめじゃないか」

だがしかし、ここで俺が助けに行ったら、ラウルは嫌がるかもしれない。

ラウルにもラウルの事情がある。

ラウルの考えを邪魔してしまう可能性もある。

つまり極論で言えば、俺がラウルを助けるという行為はただの自己満足に過ぎないのだ。

でも……俺はラウルを助けに行こうと思う。

それが俺の中で最もラウルのためを思った行動だと信じて疑わないからだ。

もし怒られたときは全力で謝ればいい。

冒険者ギルドから出た俺は早歩きでラウルのいる倉庫に向かった。

◇

「おい、いつになったら言うこと聞く気になるんだァ？　ああ？」

倉庫の中でラウルを囲む3人の冒険者。

彼らはCランクの冒険者で、この商業都市の中ではトップクラスの実力者だ。

「今日の冒険者料金も支払えないみたいだしよぉ、おまえ冒険者やっていく気あるの？」

冒険者料金とは、冒険者ギルドの依頼を達成したときの報酬の3割を彼らに支払わなければいけないというものだ。

対象となる冒険者は彼らよりも下のランクの冒険者たち。

ラウルがアルマに言っていた『変なカースト制度』とは、このことであった。

一人が地面に倒れているラウルの前髪を摑《つか》み、引っ張り上げた。

そして痛そうに顔を歪《ゆが》めるラウルを睨《にら》みつけた。

「あの小僧は素材の査定で大金を手にしたんだよな？」

アルマが大金を手に入れたのだと判断したのは、受付嬢の反応だ。

自分たちがどれだけ頑張って魔物を倒したとしても、査定結果に対してあんな反応を示すことはなかった。

「オイオイ、これはもう確定事項だろうがよ。分かってると思うけどよ、おまえが俺たちのためにあの小僧から大金を奪ってくる、と約束しない限りこの時間は続くことになるんだぜ？」

そう言われてもラウルは何も答えない。

ただ黙って目の前の男に反抗的な視線を向ける。

「……てめぇ、もっと痛い目見てえようだな」

そう言って、男は拳をラウルの腹に叩《たた》き込《こ》んだ。

「ごふっ……！」

ラウルは思わず口から血を吐き出した。

「おー怖い怖い。早く言うこと聞いてくれないと死んじゃうかもなぁ、ハハ」

「だよな、こいつ目がガチだぜ。殺す気満々じゃん」

それを他の二人は愉快そうに見物している。

普通ならここでみんな心が折れる。

3人は、ラウルはもう言うことを聞くしかないだろう、そう思っていたのだが……。

「……へへへ、先輩方には悪いけど、俺はあいつの可能性を潰すようなことはしたくねーんだ。俺みたいな凡人にはできもしないことをあいつはやってのける、そんな気がしたんだ。出会って間もないけど、あいつはとんでもない奴だと確信しちまったんだ」

「……だから？」

ラウルの話を聞いた男はもう一度腹に拳を叩き込んだ。

「がはっ——」

ラウルは先ほどよりも多く吐血した。

痛みで意識が朦朧《もうろう》としてきている。

それでもラウルは言うことを聞こうとしない。

「……こんな生き方……利口じゃないのは分かってる……でもこんな価値のない一人の人生を優先するよりも……俺はあいつの足を引っ張らないことを選んだ……ただそれだけだ」

「……ばかかおまえ。普通、初対面の奴のためにそこまでするか？」

「偽善者振りやがってよぉ、もうめんどくさいからコイツ殺しちまおうぜ」

「そうするか～。ここまで来たらもう何言っても無駄だろう。ウザいからやっちまうか」

「——と、いうことらしい。まぁ安心しろ。おまえが死んだ後に俺たちがちゃんとあの小僧の将来を潰しておくからさ」

「……おまえら！　……ふざけんなよ！」

「うっせえバーカ。おまえはとっとと死んでろ」

男がラウルを斬るために鞘《さや》から剣を抜いた。

（ちくしょう……！　こんな奴らに殺されるなんて……！　すまねぇ、アルマ）

ラウルが地面に這《は》いつくばりながら涙を流した……そのときだった。

ガラガラ、と倉庫の扉が開かれた。

「はじめましてで悪いんだが、これ以上俺の友達をいじめるのはやめてもらえるか？」

ラウルはかなり危険な状態に陥っていたようだが、取り返しがつかなくなる前には間に合ったようだ。

「アルマッ！　どうしてここに！」

ラウルはここに来てほしくなかった、と言わんばかりの驚いた表情をしていた。

「また後でな、って言ってただろう？　だから来ただけさ」

「に、逃げろよ！　こいつらおまえを狙ってるんだ！　しかも実力はここらじゃ一番つええんだ！」

一番強い……か。

俺は無詠唱で３人分の【鑑定】を使用した。

［　名　前　］　エヴァン
［　レベル　］　52

【魔　力】380
【攻撃力】510
【防御力】450
【持久力】500
【俊敏力】430

【名　前】ジェイク
【レベル】50
【魔　力】500
【攻撃力】350
【防御力】430
【持久力】400
【俊敏力】500

【名　前】ピーター
【レベル】49
【魔　力】400

［攻撃力］ ４６０
［防御力］ ５１０
［持久力］ ４５０
［俊敏力］ ４００

なるほど……これで強いと言われる部類に入るのか。

魔法以外は全然ダメだと思っていたが、これなら俺も魔法を使わずともそれなりにやっていけそうだな。

「なに余計なこと喋ってんだよ！」

ラウルを隣にいる男が殴ろうとした。

しかし、この程度の魔力しかないなら3人まとめて一気に片付けられそうだ。

「【ホロウラ】」

【ホロウラ】は闇魔法【ホロウ】の上位にあたる魔法だ。

3人の頭部を黒色の靄《もや》が包み込み、3人は気絶した。

「な、なんだ!?」

俺は地面に倒れているラウルに近づいて、起きるのを手伝った。

「大丈夫か？」

「あ、ああ……ってて」

「怪我《けが》をしているみたいだな。【エアリ】」

回復魔法【エアリ】をラウルに使用した。

「……え？　痛みがおさまった……おまえが治してくれたのか？」

「回復魔法の【エアリ】を使ったんだ」

「おいおい……回復魔法を使えるなんて、もしかしておまえは聖職者系統のギフトでももらったのか？」

……そういえば回復魔法を扱えるのは聖職者系統のギフトをもらった者がほとんどだった。

「まあそんなところだね」

「ハハ、アルマはやっぱすげえよ。……ってこの３人はどうやって倒したんだ？」

「それも魔法」

「凄すぎて何て言うべきか分からねえよ！　……それと、助けてくれてありがとな。命の恩人だよ」

命の恩人、か。

そう感謝されたのなら、ラウルを助けた選択は間違いじゃなかったのだろう。

「どういたしまして。ギルドで親切にしてくれた恩返しだよ」

「そりゃでけえ恩返しだな。で、こいつらどうするんだ？」

ラウルは倒れている３人にあごをしゃくった。

「この人たちって今まで他の冒険者に対しても悪事を働いてきたんだよね？」

「まぁそうだな」

「じゃあ少しは痛い目見てもらったほうがいいかな。【ナイトメア】」

俺は気絶中の3人に闇魔法【ナイトメア】を使用した。

これは意識のない対象に悪夢を見せる魔法だ。

「う、うぅ……！」

「悪かった……！　許してくれ……！」

「あ、ああ……！　や、やめろ……！」

【ナイトメア】をかけた3人は急に苦しみ出した。

「ど、どうしたんだこいつら。急に苦しみ出したぞ⁉」

「俺が3人に魔法で悪夢を見せているんだよ。もうこれ以上、悪さをしたくなくなるようなとびきりの悪夢をね」

「おぉ……そいつは恐ろしいな……。だけど……へへっ、良い気味だぜ！」

「ぷっ、ははは。そうだよな。ま、痛い目見たラウルはこれぐらいじゃ満足できないかもしれないけど」

「全然そんなことねぇよ！　こいつらの苦しんでる様見れただけで満足さ。ざまぁみろってんだ」

苦しむ3人を見て大笑いした後、俺たちは彼らを放置して冒険者ギルドの食堂へ向かうのだった。

食堂に着いた俺たちは適当に食事を頼んだ。

先ほど約束した通り、俺のおごりだ。冒険者料金のせいで貧乏生活を送っていたというラウルが喜んでいる。

「それじゃ、お疲れ様〜！」

「よっしゃー！　ごちになります！」

そして最初に運ばれてきたエール酒を片手に俺たちは乾杯をした。

ラウルはぐびっ、ぐびっ、とエール酒を一気飲みした。

「ぷはぁ〜っ！　痛めつけられた後の酒は美味《うま》いなぁ！」

「……それ本当に美味《おい》しいのか？」

「そりゃ痛めつけられてみないと分からないだろうな〜！」

「うーむ、こればかりは共感したくないな」

前世では怪我を負うことなんて日常茶飯事だったが、食べてた飯なんて大した味付けもされていないただ食えるだけのものが多かったし酒なんて飲まなかったからなぁ。

「ハッハッハ！」

「最初に会ったときよりも機嫌が良いな。あいつらの苦しんでる姿を見れたのがそんなに気持ちよかったのか？」

「へへっ、確かにそれもあるけどよ、俺が一番嬉《うれ》しかったのはおまえに友達って言われたことなんだぜ」

「おいおい、そんなこと言われたら照れるだろ」

「いやいや、こういうのはちゃんと相手に伝えておいたほうが良いんだよ。俺の経験からするとな」

「なるほど……それはためになる」

自分の気持ちを正直に相手に伝える、これは確かに大事なのかもしれない。

「……すみません、相席させてもらってもいいですか」

抑揚のない声と共に俺たちの前に現れたのは、そう歳の変わらない女の子であった。

水色の髪を肩ぐらいまで伸ばしており、目が大きくて吊《つ》り目。

瞳の色は青色で髪の色と似たような色をしていた。

「あ、相席⁉　き、君が⁉」

ラウルは緊張気味なようで声が上擦っていた。

「いいんじゃないか？　何か話したいことがあるんだろう？」

俺がそう言うと、彼女は驚いた表情をした後にコクリ、とうなずいた。

「実は先ほどからあなたたち……というよりもあなたを尾行させてもらっていた」

そう言って彼女は俺を見た。

「ああ、気づいていたよ」

「……その事実に驚いている。気づいているような素振りは一切なかった」

「敵意はなかったようだから放っておいたんだ。それよりもラウルを助けるほうが先決かなと思ってね」

「アルマァ……おまえって奴はぁ……」

ラウルは涙を浮かべた目を右腕で拭っていた。

「それでなんで尾行していたの？　何か理由があるんだろう？」

コクリ、と彼女はうなずいた。

そしてゆっくりと口を開いた。

「──私の領地に来てもらいたいの」

まるで時が止まったようだった。

……この子、何を言っているんだ？

そう思ったのは俺だけじゃなかったようでラウルも同じようにポカーン、としていた。

「……待て、話が飛躍しすぎていないか？」

「だ、だよなぁ……」

「分かった。じゃあ順番に話す」

そして彼女は今までの経緯を話し出した。

「私の名前はルナ。領地はファーミリア王国の辺境付近にある僻地《へきち》で、そこに住んでるの」

「ふむふむ」

「なるほどなるほど」

俺とラウルは彼女の話をうなずきながら聞いた。

「それでつい先日15歳になって、強力なギフトを授かった私は、貧しい我が家のために出稼ぎにやってきた」

「親孝行者だなぁ」

「今時、なかなかいないない良い子だな」

彼女に対する俺とラウルの評価が少し上がった。

「地下迷宮があると聞いていたが、どこを探しても見当たらなかったので、私は領地開拓に使える人材を探すことに目的を変えた」

「「……地下迷宮？」」

俺とラウルの声が重なった。

地下迷宮とは、地下に何層もフロアがあり、魔物が自然発生する場所だ。

地下迷宮は資源の宝庫とも呼ばれていて、その周辺には都市が形成される。

つまり……だ。

「もしかして、訪れる都市を間違えたんじゃないか？」

「だよな。俺もそう思った」

やはりラウルも同意見だったようだ。

「……都市を間違えた？」

ルナは首を傾げた。

「ここは商業都市で地下迷宮を目的にするなら、行くのは近隣にある迷宮都市だろう？」

「…………そ、そう」

ルナの表情にはあまり変化はないが、目が泳いでいる。

若干分かりにくいけども動揺している様子だった。

「ハッハッハ、ルナはドジなんだなぁ～」

「……そんなことはない。むしろあなたたちを見つけたという功績がある」

「しかし、どうして俺たちを誘うんだ？　他にも人はいっぱいいるだろう」

俺はルナを見つめて言った。

「それはあなたたちが他の人よりも心が綺麗《きれい》だったから」

「心が綺麗、ねぇ……怪しいなぁ。そんなことどうやったら分かるって言うんだ？」

ラウルが言った。

「最初に驚いたのはあなたの行動」

「え、俺？」

ラウルが自分に人差し指を向けると、ルナはコクリ、とうなずいた。

「ここのギルドの冒険者はあの時間帯に他人と必要以上に関わろうとはしない。その中であなたは見ず知らずの彼に話しかけられ、とても親切に対応していた。そこから私の尾行は始まった」

「……なるほど、みんな依頼を受けようと必死だからな」

ラウルは腕を組み、納得した様子でうなずいた。

「次にあなたの、初対面の人を助けようとする正義感の強さには目を疑った。それに能力もかなり高い。ぜひ二人とも私の領地に来てほしい」

そう言って、ルナは頭を下げた。

……まったく、急な展開だ。

これが何かの物語だとすれば作者は三流もいいところだな。

しかし、ファーミリア王国を目指していた俺にとって、ルナの申し出はちょうどいいものとも言える。

「――よし、決めたぞ」

先に口を開いたのは、ラウルだった。

「アルマが行くって言うんなら俺も行くぜ！」

ラウルの返事は俺にとって予想外のものだった。

「え、おまえそれでいいのか？　ここで冒険者活動をしているんじゃ……」

「へへ、俺はなによりも友達を優先する主義なんでね。それにアルマはファーミリア王国を目指していたんだろ？　ちょうどいいと思ってな」

「おまえ……。でも、それだったらこの街の友達はどうするんだ？」

「ふ、そんなもんいねーよ」

ラウルは笑顔でそう言った。

……おまえ、ぼっちだったのか。

まさかこれだけ明るいラウルに友達がいなかったとは……。

意外な共通点を見つけてしまった。

「――あなたはどうするの？」

ルナは俺を真剣な表情で見つめていた。

「そんなに不安そうにしなくても大丈夫だよ。行くよ、ルナの領地」

俺の返事を聞いたルナは、ぱあっと表情を明るくした。

「よかった、嬉しい」

その笑顔は犯罪的なかわいさを誇っていた。

……それにしても領地開拓か。

もしかすると名を上げるには絶好の機会かもしれない。

よし、ちょっと本気で領地開拓に貢献してみようかな。

ルナの領地へ行く約束をしたその日、俺たちは夜中まで飲み続けた。

酔っている状態は魔法で治すことができるのだが、俺はあえてそれをしていなかった。

だって、気分が良いからね。

「ふわぁぁ……」

宿屋で目を覚ました俺は、んーっと身体《からだ》を伸ばした。

「いててっ……昨日は飲みすぎたな」

頭痛がした。

完全に二日酔いだった。

「【サミヘル】──っと」

二日酔いは辛《つら》いだけなので、回復魔法【サミヘル】を唱えた。

【サミヘル】は状態異常を治す魔法だ。

二日酔いも状態異常に含まれるため、治すことができる。

なので【サミヘル】を覚えておくと、なんの気兼ねもなくお酒を飲めるのだ。

「……ん？」

腹部あたりに何か載っていることに気づいた。

俺は頭を起こして、何が載っているかを確認した。

「……うぅん」

すると、そこにはルナのかわいらしい寝顔が。

──いや、なんで⁉

俺は昨日の出来事を思い出してみようと頭をフル回転させる。

……確か飲み終わった後にみんな自分の泊まっている宿屋に戻る流れになっていたんだ。

それでなぜルナがここに……？

ふぅ……、落ち着け。

ゆっくりと思い出していこう。

俺とルナの泊まっている宿屋とは逆方向の宿屋に泊まっていたラウルと別れて……そうそう、俺はルナを宿屋まで送っていったはずだ。

「あっ」

……完全に思い出した。

ルナは宿泊の予約を前もって入れていたのだが、昨日でちょうど期限が切れてしまっていた。

そして、その宿はもう既に満室とのことで俺の部屋で一晩過ごすことになったのだ。

「ふぅ〜〜〜〜〜」

俺は一安心して、深呼吸をした。

……ルナめ、ドジすぎるぞ。

しかしまぁよかった。

どうやら一夜の過ちみたいなことにはなっていなかったようだからな。

「……ん、おはよう」

ちょうどルナが目を覚ました。

ルナが身体を起こすと、若干服が乱れていた。

「……ああ、おはよう」

俺は動揺を隠しながら言った。

「昨日は激しかった」

「ぶふっ――――――！」

「ジョーク」

「……心臓に悪いジョークはやめてくれ」

「分かった」

ルナにも話を聞いてみると、本当に何事もなく俺たちは寝ていたようだ。

一つのベッドに二人で寝ているという状況はいかがなものかと思うが、酔っているときの俺は特に気にすることはなかったようだ。

本当に何事もなくてよかった。

◇

宿屋を出た俺たち二人は、ラウルと合流するために冒険者ギルドへ向かった。

ギルドの前でラウルが待ち構えていた。

顔色が悪くて苦しそうだった。

「やぁ、ラウル。待っていてくれたのか？」

「お、おお……アルマか。へへ、まあな。ここで待っているのが一番分かりやすいと思ってさ……」

「……おまえ、二日酔いだな」

「まったくそのとおりだぜ。……しかし、おまえら二人はなんともなさそうだな。羨ましいぜ、ちくしょう」

ラウルは今にも吐きそうなほど、苦しんでいる様子だった。

本当に吐かれても困るからなぁ。

ラウルにも【サミヘル】を使ってあげよう。

「――あれ？　なんか急に気持ち悪くなくなったぞ」

一気に顔色が良くなったラウルは、不思議そうにしていた。

「へへ、こういうこともあるんだな」

「よかったな」

まぁ俺が無詠唱で【サミヘル】を使ったおかげではあるのだが、わざわざ言うこともあるまい。

隣にいるルナからジーッ、とした視線を感じた。

「……どうした？　何か俺の顔についてる？」

「別になにも」

「そ、そうか」

……もしかして、ルナは俺が無詠唱で魔法を使ったことに気づいている？

仮にもしそうだったとすれば、ルナはなかなかの魔法の才能を持っているだろう。

「よし、それじゃ朝飯でも食おうぜー」

元気になったラウルは食欲が湧いてきたようだった。

「そうだな、ルナの領地に向かうのはそのあとでいいか？」

コクリ、とルナはうなずいた。

「ははは、元気になったら腹が減ってきたぞー」

そう言って、ラウルは冒険者ギルドの扉を開いた。

中に入ると、冒険者たちが依頼を受けるための列をつくっていた。

昨日よりも長い列だ。

あいつら、悪夢を見てまだ懲りてないのか？

……全員を救うのはなかなか難しいってわけか。

ギルドの食堂で適当に朝食を頼んだ。

そして食事中、なにやら受付のあたりが騒がしい。

「ん？　一体何があったんだ？」

ラウルは、普段と違う冒険者ギルドの雰囲気をいち早く感じ取っていた。

「気になるな」

「行く？」

ルナは、フォークを器に置いてからそう言った。

「行ってみようぜ」

「おし、そうするか」

俺たちは朝食を一旦中断して、席から立ち上がり、受付の方へ向かった。

「俺たちは皆さんに本当にひどいことをしてきました……！」

「冒険者料金として奪い取っていたお金はお返しします……！」

「「皆さん……！　今まで大変申し訳ございませんでしたァー!!」」

受付の列に並ぶ冒険者たちに向けて、昨日の３人が並んで土下座をしていた。

列に並ぶ冒険者たちは困惑している様子だった。

「「ほんと、申し訳ございませんッ!!」」

だが、プライドの高い彼らが何度も床に頭を付けているところを見て、段々と表情が明るく変わっていった。

「やったあああぁ！　俺たち、解放されるんだ！」

「これで無理して毎日依頼を受けなくて済むぞ！」

「よっしゃあああああ！　金も返ってくるぅ‼」

冒険者たちは一斉に喜びの声をあげていた。

ギルド職員たちもその光景に困惑と驚愕を隠しきれていなかった。

その様子を少し遠くから見ていた俺たち。

「……アルマ、おまえどんな悪夢を見せたんだよ」

「さぁ？　内容は俺にも分からないよ。でも、もう悪さをしないようにとびきりのやつを見せたね」

「ハッハッハ、まさか俺だけじゃなくここの冒険者全員を救っちまうとはな。恐れ入ったぜ」

「まあな。それであいつらあんなこと言ってるけど、お金、返してもらわなくていいのか？」

「はは、いらねえよ。あいつらには金なんかよりも大事なもんをもらったからな」

「……そうか。じゃあ、とっとと朝食を済ませてルナの領地に向かうとするか」

「それが一番いい」

俺に賛同するようにルナはぼそり、と呟《つぶや》いた。

「「――ぷっ、あははっ！」」

どこかシュールで俺とラウルは顔を見合わせて笑ってしまった。

「……私、ジョークを言った覚えはないのに」

笑っている俺たちをルナは不思議そうに見つめていたのだった。

ギルドで朝食を済ませた俺たちは、乗合馬車に乗るべく停留所にやってきた。

ファーミリア王国行きの乗合馬車に乗り、出発した。

入国するには関所を通る必要がある。

その関所まではどうやら5日ほどかかるようだ。

「結構かかるよなー。てか、そこからルナの領地に行くんだろ？　長旅だなぁ」

馬車に揺られながら、ラウルは言った。

「あ、一つ思ったことがあるんだけど、ルナって自分の領地の場所を把握してる？」

「ん、私を舐《な》めないでもらいたい。それぐらいは把握している」

「でも、商業都市を迷宮都市と間違えたり、宿屋の宿泊期間の延長を忘れてたり、出会って間もないけど、既に色々とやらかしてる姿を見ているんだけど……」

「安心してほしい。自分の家の領地は忘れない」

「そうだぞ、アルマ。それはちょっと失礼じゃないか？」

「……確かに言い過ぎたな。すまん。流石に出稼ぎに行って領地に帰れないってことはないよな」

「そのとおり。帰れる前提じゃなきゃあなたたちをスカウトするわけがない」

「そりゃそうだ。ハハハッ」

乗合馬車は幸い、俺たち以外に乗客はいなかった。

それで俺たちは気兼ねなく会話をすることができ、親睦を深めた。

◇

夜は魔物の行動が活発になる。

だから乗合馬車は日が沈む前に宿場町に停《と》まり、そこで一夜を過ごす。

そして、商業都市から出発してから3日目にもなると、退屈な時間が多くなってきた。

「……あ、そういえばみんなってどんなギフトをもらったんだ？」

ラウルは言った。

外の景色を眺めていた俺とルナの視線がラウルに集まった。

「私は《賢者》のギフト」

「……なるほど」

ラウルの二日酔いを治すために俺が【サミヘル】を使用したとき、ルナは俺の魔力を感じている様子だった。

もしかして、とは思っていたが、まさかギフトが《賢者》なんてな……。

「うおおぉっ⁉　ルナはとんでもないギフトもらってんな！　《賢者》って言えば、魔法使い系統のギフトでも最強格じゃねーかよ！」

ラウルはめちゃくちゃ驚いていた。

なるほど、とは言ったが俺も普通に驚いている。

なにせ《賢者》は《転生者》が発動する前、俺が欲していたギフトだ。

俺だけでなく、二人の兄も当然のように《賢者》のギフトを欲していただろう。

それだけ父の影響力は大きかった。

……まさか、こんなところに《賢者》を授かった人物がいるとはな。

「どやっ」

ルナはそう言うが、表情は全然ドヤ顔じゃない。

いつもどおり、変化のない表情だった。

「いやぁー、《賢者》のあとに自分のギフトを言うのは恥ずかしいな。だけど、言い出しっぺだからな、ちゃんと言ってやるぜ。俺のギフトは《疾風の剣士》だ」

《疾風の剣士》のギフトは剣士系統のギフトだ。

剣術の上達が早くなり、風属性の魔法を少し扱うことができる。

確かに《賢者》の後では霞《かす》んで見えてしまうが、結構良いギフトだ。

「よく言えたね、えらい」

「くっ……悔しい！　少し自分のギフトに自信があった分、悔しいぜ……！」

この話題を振ってきただけあって、ラウルは自分の授かったギフトに多少自信があったようだ。

「私は出会ったときに言っていたはず。強力なギフトを授かった、と」

「強力すぎるわ！」

ラウルのツッコミもごもっともである。

「……ごほん、それでアルマのギフトは？　おまえもとんでもないものもらってそうだよな」

「あー……まぁそうだな」

今世はギフトをもらっていない。

神殿でギフトを授かっていない、と宣言されていることもあって、俺から言わない限り、俺がギフトを持っているなんて誰にも分からない。

だが、ないといえば嘘《うそ》になる。

しかし、俺が転生者だということはまだ伝えたくない。

気味悪がられるかもしれないし、この仲の良い関係が崩れることだってありえそうだ。

「言いにくいギフトなのか？」

「……んー、まぁそうだな」

「だったら無理に言う必要ないぜ。言いたい奴が言えばいいだけだからな。……俺みたいに」

なかなかギフトを言い出さない俺の様子を察したのか、ラウルは気を遣ってくれた。

「うん、私も自慢したくて言った。言いたくないなら言わないほうがいい」

素直な奴め。

しかし、二人の気遣いはとてもありがたかった。

「……じゃあ悪いけど、今は言わなくてもいいかな？」

「おう」

「うん」

「ありがとう二人とも。二人にはいつか教えることを約束する」

「へへ、気にするな。どれだけでも待ってやるさ」

「ギフトが分からなくても、アルマが有能なのは分かる」

……俺は本当に良い友達に巡り合えたのかもしれない。

こんな二人を友達に持った俺は幸せ者だ。

だからこそ、ギフトを言わないのが申し訳なくなる。

「うーん、俺だけ何も言わないのも悪いよなぁ……」

「あ、そういうことならさ。アルマって他にどんな魔法が使えたりするのか教えてくれよ。結構色んな魔法を覚えているだろ？」

たぶん、ほぼすべての魔法を使えます。

……なんて言うわけにもいかない。

「んーそうだなぁ……」

なにか面白そうな魔法はないものか……。

——あ、そうだ。

あれをみんなに使えば結構面白いかもしれない。

「鑑定魔法とか使えるけど、よかったらラウルとルナに使ってみようか？　自分の強さが簡単にだけど分かるよ」

「マジかよ！　めっちゃ面白そうじゃん！　ぜひ、使ってくれ！」

「私も気になる。使ってみてほしい」

二人はかなり乗り気だった。

「分かった。それじゃあどっちから鑑定する？」

「……アルマ、俺から頼む。ルナから鑑定すると、また俺がかわいそうな目に遭うんだ……」

ラウルは俺の肩に手を置きながら、ルナに聞こえないような声量で言った。

目からは涙を流していた。

「お、おう。それじゃあラウルから鑑定しようか」

同情した俺はラウルから鑑定することにした。

「それじゃあ――【鑑定】っと」

俺はラウルに【鑑定】を使った。

［名　前］ラウル
［レベル］21
［魔　力］250

［攻撃力］　350
［防御力］　150
［持久力］　150
［俊敏力］　300

レベルは21か。

15歳になって《疾風の剣士》のギフトをもらってから冒険者になったと考えると、結構早いペースでレベルは上がっているのかもしれない。

ギフト《疾風の剣士》の恩恵で魔力、攻撃力、俊敏力の能力値はなかなかだな。

俺は口頭でラウルに能力値を一つずつ伝えていった。

「――って、感じだな」

「おお……初めて鑑定してもらったけどよ、正直数値だけ言われてもよく分からないな」

「それなら私と比較してみるといい」

ルナが言った。

どこかソワソワとしている様子。

もしかするとルナは早く鑑定してもらいたいのかもしれない。

「……結局そうなっちゃいますよね～」

「ラウル、まぁこうなるのも仕方ないさ。それにラウルのほうが能力値が高い可能性だってまだあるよ」

「そ、そうだよな！」

ということで、ルナにも【鑑定】を詠唱してみる。

［名　前］ルナ
［レベル］15
［魔　力］600
［攻撃力］150
［防御力］100
［持久力］70
［俊敏力］100

おおー、流石は《賢者》のギフトだ。

魔力の値がずば抜けている。

「魔力たかっ！」

「でもそれ以外はラウルよりも低い」

れわれわ…

「全部俺に勝とうとするな。悲しくなるだろ」

「悲しくなろう」

「嫌だよ⁉」

予想どおり、鑑定結果を教えると結構盛り上がるな。

「しかし、ルナは最近ギフトをもらったばかりなんだろう？　それにしてはレベルが高くないか？」

ルナのステータスを見て、気になったことを言った。

確かルナはギフトを最近もらった、と言っていたはず。

それなのになぜレベル15……？

「商業都市までの道中、適当に魔物を倒してた」

「……普通、それだけでレベル15になるか？」

「もしかしたらちょっと強い魔物も倒していたのかもしれない」

「アバウトだな……」

「魔法の練習相手だと思ってたから仕方ない」

「ふむふむ、なるほど」

なんとなく共感できる。

そういえば俺も前世では魔物を倒すことに集中しているとき、いちいち倒した魔物を覚えてはいなかったな。

「……どうやら俺には何も共感できそうにないぜ。てかさ、ルナのレベルを聞いて一つ思ったんだけど、こんなに魔物に遭遇しないのっておかしくね？」

「あー確かにな。これだけ遭遇しないものなのか、御者さんに聞いてみるか」

「いいな、それ」

　ラウルの疑問を解消するべく、俺は前で手綱を握っている御者に声をかけた。

「あのー、商業都市を出てから今まで一度も魔物に遭遇していないと思うんですけど、普段からこんな感じなんですか？」

「いや～、これだけ遭遇しないのは珍しいな。今までで初かもしれん」

「えっ、そうなんですか！」

「そうだなぁ。この仕事をして20年ぐらいになるけど、こんなに遭遇しないのは一度もない気がするなぁ」

「へぇ～、どうしてなんですかね？」

「正直何も分からないなぁ。特にこれといった異変があるわけでもないからなぁ。ま、魔物と遭遇しないほうがこっちとしてはありがたいね」

「そうですよね。ありがとうございます！」

「おうおう。また宿場町に着いたら一杯やろうや」

「はい、ぜひ！」

ラウルとルナのもとへ戻る。

「やっぱりこんなことは滅多にないみたいだな」

「不思議なこともあるもんだなー」

「私もそこそこ魔物に遭遇していた」

「……もしかして何か嫌なことが起きる予兆だったりしてな」

「え、縁起でもないこと言うなよ……」

ラウルは少し怯《おび》えた様子で言った。

「ははは、大丈夫だって。そのうち魔物にも遭遇するさ」

「……だと良いけどな……って、良くねえか」

まぁ普通は魔物に遭遇しないほうが安全だよな。

＊＊＊

そして、そのまま魔物と遭遇することはなく、関所にたどり着いた。

ラウルは「絶対に何か嫌なことが起きる！」とネガティブになっていた。

結構ラウルは怖がりなのかもしれない。

関所では入国のための軽い審査を受けた。

関所を抜けると、先には小さな町があった。

この町にも停留所があり、俺たちは再び乗合馬車に乗った。

しかし、乗合馬車はルナの領地までは行かないようだ。

領地から一番近い都市であるレトナークで降りて、そこからは徒歩で向かう。

また２日乗合馬車に乗り、レトナークまで到着した。

ここからルナの領地までは徒歩で約２日かかる。

だから俺たちは都市で２日分の食糧と水を購入した。

ちなみに食糧と水は【アイテムボックス】の中に入れている。

「ずるい。私は領地から出てくるとき、大きなリュックを背負ってたのに」

【アイテムボックス】に食糧と水を入れたとき、珍しくルナはむすーっとした顔をしていた。

「ははは、良いじゃねーか。アルマのおかげで帰りは楽できるんだぜ」

「それはそうだけど、ずるい。私も【アイテムボックス】使いたい」

「ん？　ルナは《賢者》のギフトを持っているんだから【アイテムボックス】ぐらい会得できるだろ」

「……そんなの分からない」

「じゃあ領地に着いたら、俺が教えてあげるよ。たぶんルナならすぐに会得できると思うし」

「……ほんと？」

「ああ、もちろん」

「……ありがとう、嬉しい」

ルナは珍しく笑みを浮かべた。

……俺の【アイテムボックス】よりもルナの笑顔のほうがずるくないか？

都市の門を抜け、ルナの領地に向けて出発する。

ルナは方位磁針を手に取り、方角を確認しながら歩行する。

俺とラウルもそれについていく。

このあたりは草原で周囲がよく見える。

もう少し先には、木々が高く生えている。

進行方向を考えると、あの森林に入るのは間違いないだろう。

「……しかし、あれだな。なんでこんなに魔物が寄ってこないんだろうな」

ラウルは遠くにいる猪《いのしし》族のボアが俺たちとは逆方向に走っていくのを確認してから、不安げに呟いた。

「ほんとどうしてだろうな」

「ボアは良い食糧になるのに勿体《もったい》ない」

「……そういう問題か？」

「うん」

「ハハハ、ルナらしいな。……でもほんと不気味だぜ」

ラウルは相変わらず不安に思っているようだ。

「確かに不安に思うかもしれないけどさ、考えても答えは見つからないんだから前向きになろうぜ」

「お、おう。……そうだよな！　うん、考えるだけ無駄だ！」

「これは空元気《からげんき》」

「……ええ、そうですとも」

ルナの発言にラウルはがくりと肩を落とした。

草原を抜け、予想どおり森林に足を踏み入れた。

やはり、森林の中でも魔物に遭遇することはなかった。

しかしラウルは不安を口にしなかった。

その分、不安を紛らわせるためか、口数は多いように感じた。

「そろそろ日が暮れるな。野営の準備をしたほうがいいんじゃないか？」

俺は二人に野営の提案をした。

今まで魔物に遭遇していないとはいえ、夜の移動は危険だ。

まぁこのあたりの魔物はぶっちゃけそんなに強くないので大丈夫だとは思うが。

「あーそうだな。じゃあ俺は薪になりそうな木の枝を集めてくるよ」

「お、それじゃあ任せた」

「あいよっ！」

「私はどうすればいい？」

「じゃあ俺の手伝いをしてくれ」

「ん、分かった」

俺たちは野営の準備に取り掛かった。

【アイテムボックス】から必要な物を取り出して、俺とルナはテントを設営した。

ラウルが持ってきた薪に火魔法【トーチ】で火を起こした。

焚《た》き火《び》の周りで俺たちは食事をする。

――そんな中、俺はここへ高速で接近してくる気配を感じ取った。

木の枝の上を駆けているようだ。

人ではなく、魔物……。

それも四足歩行の魔物だ。

上手《うま》く気配を隠して接近しているようだが、俺を誤魔化すことはできない。

野営地の横に生えている木の枝の上に、そいつは姿を現した。

体毛が銀色に輝く大狼《おおかみ》――フェンリル。

流石の俺でも知っている強力な魔物だ。

［名　前］フェンリル
［レベル］１０５０
［魔　力］４５００
［攻撃力］５２６０
［防御力］２８２０
［持久力］４５６０
［俊敏力］６１００

【鑑定】してみると、やはりなかなかの強さを誇っている。

「おお！　これ結構うめえな！」

「うん、案外いける」

ラウルとルナはそいつの存在に気づくことなく、食事を楽しんでいる。

普通なら、フェンリルの存在を教えてあげるべきだろうが、今回は教えないほうが得策だと俺は考えた。

なぜなら、あのフェンリルからは敵意をほとんど感じないからだ。

『お主か……』

フェンリルは【念話】で俺に語りかけてきた。

俺はフェンリルに視線を向け、【念話】で返事をする。

『あの、フェンリルに知り合いはいないんですけど』

『そういうことではない。森に足を踏み入れた化物がどんな者なのか確認に来ただけだ』

『……化物？　化物はむしろフェンリルのほうじゃないか？』

『何を言っておる。お主、自分の魔力の大きさを自覚しておらんのか？』

『いや、魔力だけは誰にも負けない自信がある』

そうでなければ、一度目の人生を強くなるためだけに捧《ささ》げた意味がない。

『その魔力のせいで森の魔物共がお主を恐れておったぞ』

『なぜ……？　魔法を使うとき以外は、体外に魔力が流れないようにしているのに……』

『我々魔物は人よりも魔力を感知することに優れており、それでお主の魔力の総量を感じ取ってしまったのだ。魔物が全く近寄ってこない、など身に覚えはないか？』

『……ある』

そういうことだったのか……。

ラウル、良かったな。

謎は解けたぞ。

『やはりな。……そこでそんなお主に一つ頼みたいことがある』

『頼みたいこと？』

『うむ。……どうか我の息子と一度会ってはくれないか？』

『フェンリルの息子……。何か事情があるのか？』

『大したことじゃない。ただ息子が会いたい、とうるさいのだ。お主の魔力を感じ取って、興味が湧いたのだろうな。我が息子ながら困ったものだ』

『他の魔物とは逆なんだな』

『うむ。だから我がこうしてお主のもとに訪れた。意思疎通が図れぬのなら、すぐに退散するつもりだったがな。お主の実力は我でも計り知れん』

『なるほど……』

フェンリルは知能の高い魔物だ。

人間とのコミュニケーションも取れて、森の主として君臨している。

フェンリルはまだ警戒こそしているものの、会話の雰囲気から敵対する意思はかなり低そうだ。

『その息子とさ、会ってもいいけど、それでフェンリルに貸しを一つ作ったと考えても良いのか？』

『ふむ……。まぁそれでいい』

『よし、それならこっちとしても嬉しい限りだ』

このフェンリルの実力と知能の高さから考えるに、ここら一帯の森林はすべて奴の支配下だろう。

今のうちにこのフェンリルに貸しを作っておくのは後々プラスに働く可能性が高そうだ。

なにせこれからルナの領地を繁栄させていかなければいけないからな。

……ま、そんな打算的な思考も持ちつつ、実は俺もフェンリルの息子には興味がある。

この狼の子供だろ？

かわいいに決まっている。

きっと、このフェンリルよりも小さくて、銀色の毛並みがモフモフとしているのだろう。

目もこんな親みたいに鋭くなくて、大きくて丸いに違いない。

『……お主、何か失礼なこと考えとらんか？』

『いえ、まったく』

まさか勘も鋭いとは恐れ入った。

『しかし、その魔力なんとかならんものか』

『俺の魔力が高すぎるから魔物たちがビビって近づけないんだよな？』

『そうだ。今こうしてお主と会話しているだけで我は圧を感じておる。居心地が悪い』

『そんなこと言われてもなぁ……。隠蔽魔法【ニムリス】を応用すれば隠せるかな』

【ニムリス】は自身の気配を消す魔法だ。

気配を消す範囲を自身の魔力だけに制限してみる。

こんな使い方をするのは初めてだけど、いけるかな？

『ほう。お主から膨大な魔力を感じなくなったぞ』

『おおー、じゃあ成功だな』

『我の前ではそうしていてもらえると大変助かる』

『分かった。なるべくこの状態でいることを心がけよう』

変に警戒されるのも嫌だしな。

先ほどから食事をせずに、フェンリルと会話をしていると、ついにラウルがこちらに気づいた。

「おーい、アルマ。さっきからどこ見て――って、ギャアアァァァッ！」

「どうしたの？　――ッ！」

ラウルとルナが俺の視線の先に目を向けた。

フェンリルの姿を見た二人は、大変驚いた様子だ。

「フェ、フェンリルだ……。やっぱり今まで魔物に遭遇しなかったのは、これの前兆だったんだ……」

ラウルは頭を抱えて落ち込んでいる。

魔物に遭遇しなかったのは、俺のせいなんだけどな……。

まぁ言っても余計に混乱するだろうから何も言わないほうがよさそうか。

「……」

ルナに至っては、身体から魔力が発せられており、今にも魔法を詠唱する勢いだ。

「ふ、二人とも、安心してくれ。あのフェンリルは敵じゃない」

俺がそう言うと、ルナは落ち着きを取り戻した。

「……確かに、先ほどから襲ってくる気配はない」

ルナの身体から発せられる魔力が引いていく。

「……そ、そうだよな。あのフェンリルが本気になっていたら今頃もうアイツの腹の中だもんな」

『あの者に伝えてやってくれ。お主の肉はまずそうだから食わんと』

フェンリルが【念話】でそう告げてきた。

「ラウル、おまえの肉はまずそうだから食わないってさ」

「……喜べばいいのか、悲しんだらいいのかよく分からないな」

「ん、アルマはフェンリルと話せるの？」

ルナが首を傾げた。

「ああ。【念話】を使っているんだ」

「……本当にアルマは色々な魔法を覚えている。《賢者》のギフトをもらった私よりも」

表情には出ないが、ルナは少し嫉妬している様子だった。

「まぁまぁいいじゃねーか。それでアルマはフェンリル……さん、と何を話していたんだ？」

怖くなったのか、ラウルはフェンリルを見て、硬直した後に「さん」付けしていた。

「フェンリルの子供と会ってくれないか？　っていう会話をしていたね」

「どんな会話だよ……。おまえら知り合いなのか？」

「……初対面だな」

「なおさら状況がよく分からん！　……まぁいいや。フェンリルが敵対してないってだけで俺は一安心だ」

ふぅ～、とラウルは一呼吸を置いた。

「……フェンリルの子供、私も会いたい」

ルナは目を輝かせてそう言った。

「だよな！　というわけでフェンリル、おまえの息子にぜひ会わせてくれ！」

『うむ。それなら今から息子をここに連れてくる。しばらく待っておれ』

フェンリルはそう伝えると、この場から去っていった。

「……き、消えた⁉」

ラウルが驚いた。

「今から子供をここに連れてきてくれるみたいだよ」

「お、おお。それなら良かったぜ」

「子供、楽しみ」

「……しかしまぁ……最近俺、色々ビビりすぎだな」

「仕方ない。フェンリル相手に物怖《ものお》じしないアルマがおかしい」

「いや、だって、フェンリルは敵意を向けていないようだったから、ね？」

「流石アルマって感じだな。ま、めちゃくちゃ頼りになるんだけどな」

「そのとおり。アルマの活躍を私はとても期待してる」

「ははは、せいぜい頑張るよ」

そう話している間にフェンリルが戻ってきた。

今度は木の上ではなく、俺たちの前に降りてきた。

フェンリルは口に小さな狼をくわえている。

『これが息子だ』

『やあー』

子供も【念話】が使えるみたいだった。

「「……か、かわいい」」

そのモフモフに俺たちは一瞬で魅了されてしまうのだった。

フェンリルの子供は反則的なかわいさを誇っていた。

顔つきがまん丸く、フェンリルのような凛々《りり》しさはない。

ぱっちりとした瞳に、ぴんっと立った耳。

毛色は親のフェンリルと同じ銀色で、大きさはフェンリルが口でくわえて運べる程度に小さい。

『化物すごーい！　見た目全然怖くない！』

子供のフェンリルは【念話】で話しかけてきた。

ラウルとルナの様子を見ると、どうやら聞こえていないようだ。

ただフェンリルの子供を夢中になって見ている。
『ああ、全然怖くないだろ？　……ってことで、それじゃあモフらせてくれ』
『おねしゃす』
おねしゃす……？　きっと、お願いしますってことだろうな。
２文字足りないけど。
『ほう……。我が息子ながら、かなりの人懐っこさだな』
そう言って、フェンリルは地面に息子を降ろした。
フェンリルの子供は地面に立つと、前足を伸ばしてお尻をあげた。
しばらく身体を伸ばすと、お腹を地面に付けて、伏せの状態になった。
「お、おお……！」
「かわいい……」
その姿を見て、ラウルとルナはとても癒《いや》されていた。
俺はその伏せているモフモフの背中を撫《な》でる。
良い手触りだ。
すると、すぐにひっくり返って腹を見せてきた。
腹を撫でると、気持ちよさそうにしている。
「い、いいのか？　そんな気軽に触っても」

ラウルが言った。

「ああ、ちゃんと許可は取ってあるよ」

「……案外、フェンリルって優しいんだな」

『フェンリルすべてに当てはまることはないがな。我が人に友好的なだけで好戦的な奴もいるぞ』

それをラウルに伝える。

ラウルは「ありがとうございます！」とフェンリルに頭を下げていた。

なんか中継役みたいになってるな、俺。

その後、ルナとラウルもモフらせてもらい、俺たちはモフモフを大いに堪能《たんのう》した。

「かわいかった」

「いやー、癒されたなぁ」

「ほんとにな」

俺たちはもうフェンリルの子供にメロメロだった。

フェンリルの子供は地面に座り、【念話】で話しかけてきた。

『われもつれてって！』

一人称が親のフェンリルと一緒で「我」だったが、それがまたどこかかわいらしい。

『つれてく……って、流石にダメだろ？』

『うむ。それは流石に我も困る』

『えー！　嫌だ！』

フェンリルの子供は顔を地面に伏せた。

『じゃあたまに遊びに来るよ。これから俺たちはこの付近の領地に住むことになるからさ』

『……ほんと？』

『ああ、もちろんだとも』

『んー……じゃあ分かった』

『えらいな』

俺がフェンリルの子供の頭を撫でてあげると、嬉しそうに俺の手をペロペロと舐めた。

『えへへ』

『……ふむ、お主がこれから住む領地。もしかすると、この森の魔物共が畑を荒らしに行ってるかもしれんな』

フェンリルの親が言った。

気がかりなので、ルナにこの森付近で他に街がないか確認を取る。

「ルナ、このあたりに他の街って存在するか？」

「ん、たぶん今日の早朝に出発したレトナーク以外は存在しないはず。ここら辺はまだ開拓が進んでいないから」

レトナークの街の規模も小さいことから、ここら辺が最近まで未開拓の地であったことも容易に想像がついた。

「そうか、ありがとう」

……となれば、フェンリルが教えてくれた情報は間違いなくルナの領地ということになる。

そうか、畑が荒らされているのか。

『どうする？　我のほうから荒らすのをやめるように言っておくか？』

『いや、大丈夫だ。逆に利用させてもらうとするよ』

『お主……なにかよからぬことを考えとらんか？』

『全然そんなことないから安心してくれ。お互い得しかしない良いやり方なはずだから』

『ふむ……。お主がそう言うなら信じよう。お主は人間の中でも澄んだ心をしておるからな』

『……魔物にそんなことまで分かるのか？』

『うむ。1000年以上生きて、多くの人間を見てきた我だからこそ見抜けるものだと思うがな』

『……人間が好きなんだな』

『そういう一面があるのは否めない。だからこそ、こうして人里からそう遠く離れていない場所に身を置いておるのかもしれん』

フェンリルは色々な経験をしているようだった。

確かに1000年も生きれば、色々な出来事が起こりそうだ。

……しかし、ルナの領地の畑が魔物に荒らされているのは逆に好都合だな。

その魔物たちを利用すれば、良い労働力になるのは間違いない。
作戦は既に俺の中ででき上がっていた。
そして、フェンリルの親子は去っていき、夜が明けた。
早朝から俺たちは再び出発し、２日目の夜に俺たちはルナの領地へ到着したのだった。

第３話　領地生活の始まり

ルナの領地に到着した頃にはもう空は真っ暗だった。

家屋の明かりがいくつか見える。

その数はそう多くない。

この領地の規模はお世辞にも大きいとは言えなさそうだ。

家屋間の道は整備されており、歩きやすくなっている。

「こっち、ついてきて」

その道の上でルナが先導する。

俺とラウルはあたりを見回しながら、ルナの後についていく。

「のどかなところだな」

「ああ、ほんとに」

領地の中には松明《たいまつ》が設置されており、夜でもいちおうあたりが見えるぐらいには明かりがある。

俺とラウルはルナにバレないように顔を見合わせる。

そして、お互いの表情は一瞬にして暗くなる。

「……ここ思ってた以上に田舎だぜ」

「……そうだな」

俺はラウルの発言に相槌《あいづち》を打った。

「……領地開拓を手伝う、とは聞かされていたが……驚くほどに何もないよな」

「……ああ、ちゃんと人口とか色々聞いておくべきだったかもしれない」

俺たちの歩くスピードが遅かったのか、ルナは後ろを振り返った。

「どうしたの？」

「い、いやなんでもないぜ！　良《い》いところだなってアルマと話してたんだ！」

「そ、そうなんだよ！　のどかで良いところだよな！」

「うん、それなら良かった。私も嬉《うれ》しい」

ルナは満足げにそう言うと、再び前を向いて歩き出した。

俺たち二人はホッとため息を吐いて、今度はしっかりとルナの後をついていく。

坂道を登って、歩みを止めた場所は領地内でも高所となっていた。

目の前には、他の家屋よりも大きな屋敷《やしき》が建てられている。

ここに領主が住んでいるのだろう。

「ただいま」

家のドアを開けて、ルナが普段と変わらない声でそう言うと、ドタドタと物音がしてきた。

「おねーちゃーんっ！　おかえりぃー！」

真っ先にやってきたのは金髪の少女。

ルナよりも小柄で「お姉ちゃん」呼びから妹だと推測した。

少女は勢いよくルナに飛びついた。

「ごふっ」

少女に飛びつかれたルナは苦しそうだった。

「お姉ちゃん方向音痴だから無事に帰ってこれるか心配だったんだよ？　でもよかった、無事に帰ってきてくれて！」

「……私も流石《さすが》に家ぐらいちゃんと帰れる」

「うんうん、方向音痴だけど帰巣本能はしっかりとしてるみたいだね！」

……なんというか元気な妹さんだった。

「あれ？　そちらのお二人は？」

妹が後ろにいた俺たちの存在に気づいた。

「この二人は私がスカウトした。領地開拓を手伝ってもらうの」

「ええ⁉　そうなんですか⁉　それは凄《すご》い助かります！　私、妹のサーニャです！　13歳です！　よろしくお願いします！」

サーニャはルナに抱きつきながら言った。

「おっ、元気がいいねぇ！　俺はラウル、でこっちの有能そうなのがアルマだ。これからよろしく頼むぜ！」

「別にそんなに有能ってわけじゃないけど、よろしくね」

ラウルが俺の名前まで紹介してくれたので手間が省けた。

「はい！　よろしくお願いします！」

「……サーニャ、そろそろ離れて」

「えー、嫌だよー。だって、お姉ちゃんに会うの久しぶりだし！」

そう言って、サーニャはルナにぎゅーっと抱きついた。

サーニャの性格はルナと正反対なように感じた。

そして俺は姉妹で仲が良いのは羨ましいな、と少し思うのだった。

サーニャに続いてルナの両親が玄関にやってきた。

俺とラウルは両親と軽い挨拶を交わした。

「わざわざ遠いところからフランドル領に来てくれてありがとう。僕はエリック。こっちは妻のメイベルだ」

「メイベルです。これからよろしくね、アルマさん、ラウルさん」

「「よろしくお願いします！」」

ルナの父はエリック、母はメイベル。

どちらも良い人そうで俺たちが領地に来たことをとても歓迎してくれた。

その後は夕食を一緒に食べて、空き部屋を貸してもらった。

当分の間はこの部屋を使ってもいいとのこと。

部屋にはベッドが二つ置いてあり、俺とラウルは同じ部屋で眠った。

「おはようございまーす。朝ですよー」

「んん……？　ああ、サーニャか」

部屋の扉を開けて、俺たちを起こしてくれたのはサーニャだった。

「ふわあぁ……歩き疲れてたのか、まだ寝足りねーなぁ」

ラウルも目を覚ましたが、どうやら疲労が溜《た》まっているらしい。

眠そうな目であくびをしている。

「今日は朝食の後、フランドル領の案内と領民たちに挨拶を済ませに行きますよー。優しい人ばかりなのできっと二人を歓迎してくれますよ！」

「昨日の夕食のときにエリックさんがそんなことを言ってたな。……よし、今日も一日頑張りますかっ！」

ラウルはベッドから起き上がって、頬をパンパンと叩《たた》いた。

加減を間違えたのか、ラウルの頬は少し赤くなっていた。

「ラウルさん、それ痛くないですか……？」

「……うん、痛い」

「……あはは」

サーニャもこれには苦笑いを浮かべるしかなかったようだ。

＊＊＊

朝食を済ませてから、俺、ラウル、ルナ、サーニャで領内を歩いていた。

家屋の数はそう多くないが、使える土地はまだまだたくさんありそうだ。

領民たちは農作業、開拓作業を主にこなしていた。

挨拶をすると、みんな笑顔で返してくれた。

「優しい人ばかりだなー」

「だよなぁ。タリステラにいた頃はさ、優しい人もたくさんいたけど、悪い奴《やつ》もそこそこいたからなぁ」

「あ〜」

俺はラウルの言葉に共感した。

あの冒険者の３人は間違いなく悪い奴に含まれるだろう。

あれを機に改心しているといいが。

「あれ？　お二人はタリステラからやってきたんですか？　あそこって商業都市ですよね？」

サーニャがそう言うと、ルナはビクッと肩を震わせた。

「……お姉ちゃん……まさか」

「……間違えは誰にでもある」

「うわあああ！　お姉ちゃん！　もう一人で旅しちゃダメだからね！」

「次こそは問題ない」

「ダメだからねっ！」

「……はい」

完全にルナが言い負かされていた。

ルナよりもサーニャのほうが姉っぽいなぁ、と感じた。

畑に行くと、困っている様子の男性がいた。

もしやと思い、挨拶もかねて何かあったのか、尋ねてみることにした。

「どうかしたんですか？」

「ああ、最近魔物に畑を荒らされることが多くて困っているんだ。対策しようと案山子《かかし》を置いてみたんだが、全く効果がなくてな……」

やはり、フェンリルの言っていたことが悩みの種になっているようだった。

「なるほど……、良ければその件に関して俺に任せてもらえませんか？　良い解決策があるんです」

「えっ、本当かい⁉︎　それが本当ならお願いしてもいいかな？」

「任せてください！」

領民の悩みを解決することでかなり信頼を得ることができるはずだ。

本当の意味で馴染《なじ》むのならば、信頼を得ることは欠かせない。

それにこの方法を使えば、魔物という労働力も同時に確保できる。

さて、それじゃあ人助けといきますか。

畑の南側にフェンリルが支配する森がある。

魔物がやってくるとすれば、その方角からだろう。

「ここに一つ小屋を建てても大丈夫ですか？」

俺は困っていた農家の男性、サイモンさんに尋ねた。

「え、ああ、農作業の邪魔にならなきゃ全然構わないが……」

「アルマは小屋なんか建てたことあるのか？」

ラウルが言った。

「もちろんあるよ。でもまぁ今回建てるのは本当に簡易的なものだけどね」

前世ではすべて自分の力だけで生きていかなくてはいけなかった。

前世はここよりもはるかに過酷な環境で、拠点もなしに生活していくのは自殺行為だったのだ。

「へぇ〜、意外だな。あんなに凄い魔法ばっかり使うんだから魔法の勉強しかしてないのかと思ってたぜ」

「なかなか楽しそうですね！　私、手伝いますよ！」

「へへっ、当たり前だけど俺も手伝うぜ」

「……私も手伝う」

サーニャ、ラウル、ルナが快く手伝いを申し出てくれた。

「3人ともありがとう。でも今回は気持ちだけ頂いておくよ」

「なんだよ水くせーな。これぐらい気にしなくてもいいんだぜ」

「まぁ見ててよ。――【サモン・ドリアード】」

召喚魔法【サモン・ドリアード】は木の下位精霊ドリアードを召喚する魔法だ。

俺が詠唱すると、眩《まばゆ》い光と共に、100cm程の小柄な少女の姿をした精霊が現れた。

緑の髪と樹木のような身体《からだ》は、木の精霊という名に相応《ふさわ》しい。

［名　前］ドリアード
［レベル］20
［魔　力］300
［攻撃力］300
［防御力］400
［持久力］300

［　俊敏力　］　２００

「……す、すげぇ。なんか出てきたぞ⁉」

「これは召喚魔法……⁉　まさかアルマさんは《召喚士》のギフトを授かったのですか⁉」

「流石アルマ、ずるい」

　３人の反応に俺は苦笑いを浮かべた。

　この時代だと召喚魔法は《召喚士》にしか扱えないものだと思われている。

　それは魔法を学んでいた俺としても既知の情報だ。

　だが、実際にはそんなことは一切なく努力さえすれば会得することは可能だ。

　前世の俺が実証済みだからな。

　ギフトは便利だが、ギフトの力に頼りすぎると人は努力を怠るようになるのかもしれないな、と俺はそんなことを思った。

　そして俺はドリアードに向き直る。

「ドリアード、小屋を建てるための木材が必要なんだ。君の力で作って持ってきてくれないかい？」

　そう言うと、ドリアードはウンウン、と首を横に振った。

　下位の精霊は言葉を発することができない。

　だから、このように身振り手振りで答えてくれる。

「あーそうか、運搬役がいないと厳しいか」

ドリアードはコクン、とうなずいた。

「じゃあ――【サモン・シルフ】」

ドリアードと大きさの変わらない精霊が現れた。

背中のトンボのような薄い二対の翅《はね》で空中を飛んでいる。

これが風の下位精霊シルフだ。

［名　前］　シルフ
［レベル］　20
［魔　力］　400
［攻撃力］　200
［防御力］　200
［持久力］　300
［俊敏力］　400

「シルフはドリアードが作った木材をここまで運んできてもらえるか？　これでドリアードも大丈夫だよな？」

シルフとドリアードはコクリ、とうなずいた。

シルフとドリアードは森の方へ飛んでいき、しばらくすると加工された木材の山を運んできてくれた。

精霊の行動の対価は召喚者の魔力だ。

魔力の量が桁違いな俺と召喚魔法はなかなか相性が良い。

俺がシルフとドリアードに魔力を与えると、二人は満足そうに消えていった。

「よし、次は――【サモン・ノーム】」

次に召喚したのは土の下位精霊ノーム。

大きさは先ほどの二人と変わらない。

下位精霊はみんなこれぐらいの大きさをしている。

［名　前］ノーム
［レベル］20
［魔　力］200
［攻撃力］400
［防御力］400
［持久力］300

［ 俊敏力 ］ 200

ノームはとんがり帽子をかぶっていて、白い髭《ひげ》を生やしており、老人のような見た目をしている。

どことなく職人のような雰囲気が感じられる。

ノームは手先が器用で何かを作ることにおいては、精霊の中でも随一だ。

「ノーム、この木材を使って小屋を建ててくれないか？　もし石材が必要なら、自分で調達してほしい」

そう頼むと、ノームはコクリ、とうなずいた。

そして1時間もしないうちに小屋が完成したのだった。

……その間、俺に大量の質問が寄せられたのは言うまでもない。

しかし、これで悩みはほぼ解決したも同然だ。

何を隠そう、この小屋は魔物のためのものだ。

召喚した精霊たちのように魔物たちにも仕事を手伝ってもらおう。

そうすれば悩みが解決するだけでなく、農作業の効率は格段に向上する。

ノームが完成させてくれた小屋の前に立つ。

屋根はあるが、壁は一面のみの小屋だ。

魔物に使ってもらうにはこれが最適だ。

「それで小屋なんか作ってどうするんだ？」

小屋の前でラウルは俺に質問をした。

「この小屋を魔物に利用してもらう」

「いや、そうだろうとは思ってたけどよ……そんな簡単に上手《うま》くいくもんか？」

「ああ、畑を荒らしに来る魔物は毎回同じだ。だから、この作物をこちらから与えてやればいい」

「えっ、なんで荒らしに来る魔物が同じだって分かるんですか？」

サーニャが言った。

声色には少し驚きが混じっていた。

「魔物は自分で食糧を調達するのが基本だ。それこそ食糧の調達が生活の大部分を占めていると言っても過言ではない。だから、畑のような必ず食糧がある場所というのは、魔物にとって大変都合が良い。そのことに気づいた魔物は味を占めて何度も畑を荒らしにやってくる、ってわけだね」

俺も前世で自家農園を作ったとき、こういった経験があった。

そして荒らしに来る魔物は、毎度同じ奴だった。

前世では魔法で結界を張り、魔物が侵入できないようにしたが、今回は利用させてもらう。

「……なるほど、言われてみれば確かにそのとおりかもしれませんね」

「でも魔物がこの小屋を利用してくれるか？　そんなところ全然想像できないぜ」

「ああ、ラウルの言うとおりだ。普通に小屋を建てただけでは魔物は見向きもしない。しかし、このアイテムがあれば魔物が小屋に住み着く確率は大きく跳ね上がる」

俺は【アイテムボックス】から［魔王のレリーフ］を取り出す。

▲

彼の姿が彫り込まれたレリーフには魔物を魅了する強い魔力が宿っている。

魔王ザクレアは多くの魔物を支配下に置き、初めて魔物の王になった者である。

初代魔王ザクレアの姿が彫り込まれたレリーフ。

［魔王のレリーフ］

▲

そして俺は［魔王のレリーフ］を小屋の中に立て掛けた。

これで後は農作物を床に設置すれば、魔物を支配下に置くことができる。

このあたりに住む魔物は低レベルであるため、［魔王のレリーフ］の魅了に抵抗することはできないだろう。

「これで魔物が住み着いてくれるのか……？　なんか少しお洒落《しゃれ》になったようにしか見えねえな……」

「……お洒落になりました？」

ラウルの発言にサーニャは首を傾《かし》げた。

「お洒落になったかはともかく、一旦これで様子見だな」

説明するよりも結果を見てもらったほうが早いだろう。

「んー、まぁアルマが大丈夫だって言うんなら大丈夫だろ」

「うーん、確かにさっきの魔法は凄かったですけど、このレリーフに魔物が住み着くだけの効果があるとはなかなか思えませんね……」

サーニャはあまり納得していないようだった。

たぶんこれが普通の反応だろう。

「あれ、お姉ちゃん？　どうしたの？　そんなにジーッとレリーフを見て」

「……これ、凄い魔力が宿ってる。たぶんアルマの言うとおり、これで魔物は住み着くと思う」

「えぇ～、うっそ～⁉」

……ほう。

やっぱりルナは魔法使いとしてのセンスがずば抜けているようだ。

本人のやる気次第だが、鍛えればかなりの速度で強くなることができるだろうな。

「それで結果はいつ分かるんだ？」

ラウルが言った。

「魔物は基本的に夜行性だからな。こんなところまでやってくるとなると、夜中になるだろう。だから早ければ明日の朝には結果が分かると思う」
結果は早く分かるほうがいい。
明日の朝、確実に結果が出るように、もう一工夫しておくとしよう。

翌朝、小屋を訪れるとそこには魔物の姿があった。
犬族のウルフ、猪《いのしし》族のボアがそれぞれ二匹ずつだ。

［名　前］ウルフ
［レベル］5
［魔　力］20
［攻撃力］60
［防御力］30
［持久力］60
［俊敏力］70

［名　前］ボア
［レベル］4
［魔　力］15

［攻撃力］50
［防御力］50
［持久力］30
［俊敏力］30

床には、畑で収穫したカブを置いていたが、それは既に魔物たちが食べたようだ。
よしよし、早速魔物が仲間になってくれたようだな。
わずか１日で魔物がここへ訪れたのは訳がある。
それは、ここに置いてあった農作物のカブだ。
野菜を育てるとき、土に含まれる栄養がかなり大事になってくる。
その栄養の中でも大事なのは、地の魔素だ。
魔素とは、万物に含まれている魔力を帯びた粒子のことだ。
大気中にも存在するし、今回のように土にも含まれている。
農作物は地の魔素から魔力を吸収することで品質が向上する。
収穫後も短時間ならば、低効率だが魔力を吸収させることができる。
昨日ここに置いていたカブは俺の魔力を吸収させたものだ。

▲
【鑑定結果】
（魔力吸収前）
［カブ］《品質：低》
（魔力吸収後）
［カブ］《品質：極上》
▲

これだけ品質を上げるのに結構魔力を消費したので、全然実用的ではない。

カブ1個につき、１０００ほど魔力がないと極上にはできない。

それを5個作るとなると、かなりの魔力を使わなければならない。

まぁ……つまり、極上品質のカブにこいつらは食いついたというわけだ。

「すげぇ……本当にいるよ……」

「こ、この魔物たちって襲ってきたりしませんよね……？」

ラウルは驚き、サーニャは怯《おび》えていた。

「大丈夫。襲ってくることはないと思うよ。仮に襲ってきたとしてもちゃんと守るから安心して」

「は、はい。ありがとうございます」

サーニャはなんとか安心してくれたようだ。

「……なでなで」

ルナはウルフに近づいて頭を撫《な》でていた。

「お、お姉ちゃん⁉　近づいたら危ないよ⁉」

その声でウルフは目を覚ました。

「うおっ⁉　こりゃちょっとまずいんじゃねーか⁉」

「お姉ちゃんっ⁉」

ラウルとサーニャは焦って、ルナを助けようとした。

……だが、ウルフはルナを襲うどころかお腹《なか》を見せて仰向けになった。

「……うん、いいこ」

ルナはウルフのお腹を撫でて、微笑《ほほえ》んだ。

「お、おぉ……こりゃ本当に大丈夫みてーだな……」

「そうみたいですね……」

「ああ、これで畑が荒らされることはないと思うよ」

「ははは、こうも見事に解決しちまうとは流石アルマだな。でも、この魔物どうするんだ？」

「魔物には農作業や開拓作業を手伝ってもらうよ」

「なるほど、そうだよなぁ…………って、え？　そんなことできるのか……？」

「もちろん。領地の発展には労働力が必要不可欠だ。しかし、人口が少ない状態では労働力の確保もなかなか難しい。だから魔物に手伝ってもらうんだ」

「魔物に手伝ってもらうって……一体どうするんだ？　流石にこいつらだけじゃ手伝ってもらえたとしてもわずかだろ？」

ラウルの言うことはもっともだ。

「なかなか難しい問題ですよね……。なんとか結果を出さないと領地の評判も上がりませんから」

サーニャもよく現実を見ることができていた。

13歳なのにもう領地の現状を理解している様子だ。

一通り領地を見て回ったが、食糧の確保に追われてあまり開拓作業が進んでいない様子だった。

これを解決しなければ、領地を発展させることは厳しい。

そのための魔物だ。

「これだけの魔物なら確かに何もできない。だから俺は牧場を作ろうと思っているんだ」

多くの魔物を牧場に住ませ、領地の仕事を手伝ってもらえれば、問題は簡単に解決する。

「ぼ、牧場!?　こりゃまた大きく出たなぁ……」

「アルマさんなら作ってしまいそうですね……。でも牧場を作る前にお父さんたちに相談してもらえませんか？」

「もちろん、無断で作ったりはしないから安心してよ」

「アルマさんたちはお姉ちゃんが連れてきた人なので、そこら辺の心配はしていませんよ」

サーニャはそう言って微笑んだ。

なんだかんだサーニャはルナを尊敬しているんだろうな。

そうじゃなきゃこんなセリフは出てこない。

「あ、そうだ。この魔物たちをみんなに見せてあげましょう。じゃないと驚いて魔物に攻撃してしまう人が出てくるかもしれません」

「確かにそのとおりだな……。悩んでいたサイモンさんにはいちおう伝えていたけど、反応は少し不安そうだったもんね」

「まぁ仕方ありませんよ。私、みんなに一度見てもらうように伝えてきます」

「ありがとう、サーニャ。助かるよ」

「これぐらい当然ですよ！　お礼を言うのは私たちのほうですから」

そう言ってサーニャは笑顔で駆けていった。

サーニャの呼びかけで初めにやってきたのは悩んでいた張本人、サイモンさんだった。

「まさか本当に魔物が懐くとはね……。いやー、凄いなぁ」

「この魔物に農作業も手伝ってもらう予定です」

「……流石にそれは厳しいんじゃないかな？」

「今の状態じゃ少し厳しいですね。だけど、近いうちになんとかします」

「アハハ、君なら本当にやってしまいそうだね」

サイモンさんはこの魔物たちが畑を荒らさないか心配しているようだったけど、しばらく様子を見てくれるようだ。

それでちゃんと荒らさないと分かれば、魔物たちにもぜひ農作業を手伝ってもらいたいと言っていた。

魔物を飼うことを領民たちが受け入れてくれるか心配だったが、サーニャのおかげで領民たちの反応はまずまず良好だった。

怖がる人もいたけど、魔物を撫でてみて襲うことがないと分かるとホッとしていた。

幼い子供たちは、魔物たちを既に好いてくれているようだった。

よし、これなら魔物たちのほうも次のステップに進められそうだな。

夕食後、俺はルナとサーニャの父、エリックさんと話をすることになった。

これは俺がエリックさんに申し出たことだった。

リビングで夕食を済ました後、二人でエリックさんの部屋に移動した。

エリックさんの部屋の机の上には書類が多く置かれていた。

「アルマくんは凄いな……。たった1日で小屋を作り、そこに魔物を住み着かせてしまうとは」

小屋に住み着いたウルフとボアは、領主であるエリックさんも見に来ていた。

そのときに思ったのだが、やはりこの領地の人たちはみんな仲が良い。

領主と領民の距離が近くて、みんなよく笑っている。

領地の規模はまだ小さいが、団結力なら他の領地よりも強い。

「まだやることはたくさんありますけどね」

「ん？　ああ、そうだね。確かに色々なことをアルマくんには経験してもらいたいと思ってるよ。

農作業に開拓作業、やるべきことはいっぱいあるね」

ま、間違ってはいないけど！

……なにか勘違いしているようだ。

「そのことなんですけど、俺はそれらの作業を魔物に手伝ってもらおうと思ってます」

「……マジ？」

「はい、マジです」

「……じゃあもしかして今日見せてもらった魔物たちって……」

「そのための魔物ですね」

「……なるほど。……でも魔物に農作業や開拓作業を手伝ってもらうのは流石に危ないんじゃないかな？」

エリックさんは領主らしい堅実な判断をした。

ここは自分の領地ではない。

だからこそ俺が本気を出すためにも領主であるエリックさんから賛同してもらわなければいけな

い。

「はい。今のままだとそう思われるのも仕方ないと思います。だから明日までにあの魔物たちに任せても大丈夫だな、と思ってもらえるぐらいに成長させます」

「凄い自信だね……。そこまで言うなら見せてもらおうかな。領内は前から人手不足だったこともあるし、魔物の手を借りられるのなら借りたいぐらいだからね。期待しているよ」

エリックさんはニコッと笑った。

「あ、ありがとうございます！」

「ところで今日僕に話したかったことはそれかな？」

「いえ、それだけじゃなくて、魔物に仕事を任せられるなと思ってもらえたら、魔物の牧場を作ろうと思うんです」

「……は、ははは……土地は結構余っているからね。ど、どこか良い場所がないか考えておくよ」

よし、これで魔物たちにアレを施せばエリックさんからの了承を得ることができるだろう。

俺は再びエリックさんに感謝を告げて、部屋から出た。

部屋の前では、ルナが壁に寄りかかっていた。

「おお、ルナ。どうした？」

「……アルマ、領地に着いたら【アイテムボックス】を教えてくれるって言ってたのに、教えてくれないからまた頼みに来た」

……あー、そんなこと言ってたな。

「……べ、別に忘れていたわけではないんだよ？　そ、そのなんていうかタイミングとか合わなくて……あはは……」

ルナからの言葉に俺は戸惑いながらそう答えた。

忘れてたなんて言うわけにもいかないし……。

「本当？」

真っすぐな目でルナは俺を見つめてくる。

「あ、ああ……本当だとも！　それじゃあいつ教えればいい？　暇なときとかあるか？」

強引に押し通そう。

何事も勢いが大事だ。

俺がこうして本題に移せば、ルナはそれに答えるしかない。

「今」

「……今？」

もう夕食も済んで、そろそろ眠りに着くであろう時間だ。

「こんな時間にやらなくても起きてからでいいんじゃない？」

俺がそう言うと、ルナは小さく首を横に振った。

「今がいい。今から教えて」

「……わ、分かりました」

俺は笑顔を崩さないように努力しながら、そう言った。

今の俺にルナの申し出を断るすべはない。

「じゃあ私の部屋にいこう」

「ああ、分かった」

自分の部屋に歩き出したルナの後を俺はついていく。

ルナが扉を開けて、部屋に入ったので俺も続く。

部屋の床にはたくさんの本が散らかっていた。

本棚を見ると、チラホラと抜けているところが見られる。

本で散らかってる以外には目立ったものはない。

ベッドと机があって、窓からは満月が見える。

「この散らかっている本は？」

「魔導書」

「へぇ～、結構魔法を勉強しているんだ」

「うん。実は《賢者》のギフトをもらう前から魔法の勉強をしてた」

「ほほう。それは珍しいな」

「曾祖父が高名な魔法使いで屋敷には多くの魔導書があって、子供の頃から私は魔法を学ぶのが好きだった」

曾祖父が高名な魔法使い、か……。

ならばルナが《賢者》のギフトをもらったのは隔世遺伝かもしれないな。

「屋敷？　この屋敷とは違う屋敷なのか？」

コクリ、とルナはうなずく。

「もともと私は王都で暮らしていたけど、5年前にこの領地にやってきた」

「……なるほどな、ルナも結構苦労しているんだな」

「そうでもない。私は魔法で遊んでいただけだから……」

ルナは目を伏せた。

「んーまぁとにかくルナは魔法が好きだってことは凄く伝わってきたよ。だから早速【アイテムボックス】の会得方法を教えよう」

ウンウン、とルナは何度も首を縦に振った。

失礼かもしれないけど、なんだか犬みたいでかわいいと思った。

「じゃあまず【アイテムボックス】を会得するために必要なことを教えよう。

その1、【鑑定】による魔力の値が1000以上。

その2、空間魔法【テレポート】を使用できること。

この2つの条件を満たせば必ず【アイテムボックス】は会得できる」

「魔力の値……確か私は600だった」

俺は念のため、ルナに【鑑定】を使用して確認してみる。

魔力の値は確かに600だった。

「そうだな。【アイテムボックス】の会得には後400増やす必要がある」

「どうやったら増えるの？」

「単純に魔物を倒してレベルを上げる方法が無難だが――今回は秘密兵器を使わせてやろう」

「……秘密兵器？」

不思議そうにするルナ。

俺は【アイテムボックス】から［黄金リンゴ］を取り出す。

▲

［黄金リンゴ］
神木に実る黄金に輝くリンゴ。
食べた者の魔力を上昇させる効果がある。

▲

「……金色のリンゴ？」

「ああ、これを食べれば魔力が５００上昇する」

「そんなに……？　なんでこんな見たこともないリンゴをアルマは持っているの？」

「それは言えないが、不気味に思うなら食べなくてもいい。それに金色のリンゴなんて食欲も湧かないからな」

「ううん、アルマが私のために出してくれたなら食べたい」

そう言って、ルナは［黄金リンゴ］を受け取り、一口かじった。

すると、驚きの表情に変わった。

「……美味《おい》しい。すごく甘くて、でもあっさりとしてる……」

「黄金リンゴは俺も食べたことあるけど、かなり美味《うま》いよな」

黄金リンゴで上げられる魔力の総量は２５００。

なので６回目以降は食べても意味ないのだが、美味しすぎてまた食べたくなる。

［黄金リンゴ］もそのうち領地で育てられたらいいな、と思っている。

「……食べたけど、魔力は上がった？」

ルナが心配そうに聞いてきた。

「どれどれ——【鑑定】っと」

［　名　前　］ルナ

［レベル］15
［魔　力］1100
［攻撃力］150
［防御力］100
［持久力］70
［俊敏力］100

「うん、ちゃんと上がってるな」

「ほ、ほんと？　たったこれだけで……」

「ははっ、だがこれだけで満足していられないぜ。空間魔法【テレポート】は使えるか？」

「……使えない」

しょんぼりとするルナ。

「それじゃあ次は【テレポート】の会得だな。【テレポート】がどういう魔法かは知ってる？」

「うん。魔導書で読んだことがある。……けど、その本には好きな場所に瞬間移動する魔法だってことしか書かれていなかった。それに空間魔法は難易度の高い魔法とも書いてあった」

ふむ、魔導書によって記されている情報は違うよなぁ。

俺の【アイテムボックス】に入っている魔導書の中には、【テレポート】について詳しく記され

ているものもある。

ルナにこの魔導書を渡せばきっと独学で会得できるだろうが、どうせならしっかりと教えてあげよう。

ちゃんと約束したわけだからな。

「よし、それじゃあ【テレポート】の原理から教えていくぞ？」

「よろしくお願いします」

ルナはペコリ、と頭を下げた。

「まず前提として【テレポート】をはじめとした空間魔法を使うためには自身の周囲に存在する空間を正確に把握しておかなければならない。そして【テレポート】は移動先の魔素と移動前の魔素を交換することで瞬間移動が可能になる」

「どうして魔素を交換することで【テレポート】ができるの？」

「交換する瞬間、魔素間の距離は0になり、交換後にその距離は元に戻る。そのときに移動先の座標に自分の身を置くことがこの魔法の原理だな。これをよくイメージできるかが【テレポート】を会得するうえで最も大事だろうな」

「難しい……でも頑張る」

「えらい。諦めずに挑戦し続けることが新たな魔法を会得するための一番の近道だ」

「……アルマのお手本見せてほしい」

「んー、そうだな。じゃあ部屋の端から端に【テレポート】をしよう。まずはルナもこの距離の【テレポート】ができるようになることを目標にすればいい」

「分かった」

俺はルナにお手本を見せるために部屋の端から端に【テレポート】した。

これぐらいは造作もない。

「こんな感じなんだけど、参考になったか？」

「うーん……なんとなく」

「何回も見せよう。ルナは魔法のセンスがある。俺が魔法を使ったのを認識できたり、魔力を感じることができているんだ。魔力の動かし方、使い方に意識を集中させてみよう」

「分かった。やってみる」

それから俺は何度も【テレポート】をして、ルナにお手本を見せた。

「……なるほど」

ルナがぼそりと呟《つぶや》いた。

何か摑《つか》めたのだろうか。

すると、ルナが少しだけ【テレポート】を使用した。

「おー、凄い！　もう【テレポート】ができるようになってるじゃないか！」

「……今のできてた？」

「できてた！　できてた！　こんなに短時間でできるようになるなんてやっぱりルナは天才だよ！」

「……そ、そう」

ルナは頬を赤くした。

照れているのかな？

「とりあえず、もう少し【テレポート】の扱いに慣れよう。あと10回ぐらい発動してみて」

「うん」

ルナは俺の言ったとおり、10回【テレポート】をした。

回数を重ねるごとにどんどん慣れていった。

「よし、これなら【アイテムボックス】を会得できるだろうね」

「本当に？　でも私、どうやってやるのか分からない」

「【テレポート】は魔素を目標地点と今の地点で交換していたと思うんだけど、【アイテムボックス】では新しい空間に魔素を送り込むんだ」

「……うーん、よく分からない」

「一回【アイテムボックス】を作ってしまえば次使うときは簡単なんだけどなぁ。なかなか難しいよね。本当は自分で会得すると良いんだけど、どうしても難しいなら裏技があるよ」

「裏技？」

「俺が魔法でルナの身体を操作して【アイテムボックス】を会得するんだ。他の魔法ではやらないほうがいいけど、【アイテムボックス】ぐらいなら大丈夫かなって。でも、自力で会得したほうが魔法の理解は深まるね」

【アイテムボックス】を会得する過程で何か気づくことはあるかもしれないけど、たぶんそこまで重要じゃないと思うんだよね。

どちらにしろ【アイテムボックス】を会得した後はめちゃくちゃ簡単に使えるしさ。

「……それなら自分でやる。やらなきゃいけないことは分かったから、後は自分で練習する」

「ふふ、ルナならそう言うと思ったよ。《賢者》のギフトをもらっただけはあるね。じゃあ今日のところはこんな感じで大丈夫だったか？」

「うん。色々ありがとう」

「ま、約束してたからね。それと、あんまり夜遅くまで頑張らないようにな。おやすみ」

「分かった。おやすみ」

俺はルナの部屋から出ていき、魔物たちがいる小屋へ向かった。

第4話　二つ名を持った従魔たち

「悪いな、ちょっと起きてくれるか」

俺は眠っているウルフとボアを起こした。

「……ガル？」

「……ボワ？」

眠そうな表情で俺を見るウルフとボア。

「早速だけど、今からおまえたちに二つ名を授ける」

稀《まれ》に二つ名を持った魔物が出現する。

二つ名を持った魔物は同種の中でも圧倒的に強力なのが特徴だ。

俺は魔法によって、その二つ名を人為的に授けることができるのだ。

そうすることによって、魔物たちは人間と大差ないレベルで働いてくれるようになる。

これが俺の考えていた秘策だ。

二つ名をつけることによって、同種よりも賢くなり、能力は飛躍的に向上する。

今の状態では指示どおり動くことはできないが、二つ名を授けると、それが可能になる。

まずはウルフから二つ名を授けよう。

「【付与『二つ名』――《賢い魔物》】」

これでウルフに《賢い魔物》の二つ名を授けることができた。

「ウルフ、お座り」

「ガル！」

指示どおりウルフはちゃんとお座りをした。

「伏せ」

「ガル！」

「よし、しっかり《賢い魔物》の効果が発揮されているみたいだな」

《賢い魔物》は気軽につけることができる二つ名だ。

賢さを上昇させるもので低級の魔物につけるにはぴったりの二つ名だ。

これから成長する機会があれば、二つ名は更新することができるので、そのときにはもう少し立派な二つ名を授けてあげたいところだな。

俺は同じ要領でボアにも二つ名を授けた。

たぶん二つ名を授けたことでステータスも上がってるはずなんだよな。

いちおう鑑定してみるか。

［ 名　前 ］《賢い魔物》ウルフ

［レベル］5
［魔　力］120
［攻撃力］160
［防御力］130
［持久力］160
［俊敏力］170

［名　前］《賢い魔物》ボア
［レベル］4
［魔　力］115
［攻撃力］150
［防御力］150
［持久力］130
［俊敏力］130

二つ名をつけたことによって、名前の前に二つ名が表示されるようになった。
そして、どちらも全ステータスが100増加している。

二つ名を授けただけで大幅に強くなるあたり、これは本当にとんでもない裏技だな。

まぁもっと良い二つ名をつければ更に強くすることができるけど、今はこれぐらいがちょうどいいだろう。

あとは明日、みんなの前でこの２匹の成長を見せるだけだな。

そうすればきっと、みんなに受け入れてもらえるさ。

翌日。

俺は魔物の小屋の前にルナの両親であるエリックさんとメイベルさん、そして領民たちを呼んだ。

ラウル、ルナ、サーニャも一緒に見物している。

みんなの前に俺が立つと、自然に視線が集まった。

俺の後ろにはウルフとボアが行儀よくお座りをしている。

「早速ですが、本題に入らせてもらいます。これから皆さんのお仕事をこの魔物たちにお手伝いしてもらおうと考えています」

そう言うと、領民たちがざわついた。

想定どおりの反応だ。

「農作業や開拓作業は結構な力仕事です。人手はいくらあっても困らないはずです。しかし、魔物に手伝ってもらうのは危険なんじゃないのか？　と、皆さんが思うのは百も承知です。なので今日は、僕が従えた魔物がとても利口であることを皆さんにお見せしたくて集まってもらいました」

「おいおい、新しく領地にやってきた分際で調子に乗ってんじゃねーぞ！」

俺の物言いを快く思わない人が出てくることも想定内だ。

俺は農作業も開拓作業も何一つやっていない。

領地にやってきたのもつい先日なうえに、いきなり小屋なんか建てている。

不快に思われても仕方ないのだ。

今の俺はマイナスの意味で注目されている。

だが、それは裏を返せばチャンスであることを意味している。

俺という存在が領地にとってかなり有益であることを示せば評価は逆転するだろう。

「そうだそうだ！　おまえのせいで誰かが怪我《けが》をしたらどうしてくれるんだ！」

「回復薬や回復魔法なんてのは高価なんだぞ！」

ほう。

これは良い機会だな。

回復魔法を使えることをみんなに見せれば、説得しやすくなる。

「回復魔法なら使えますよ」

「なっ……！　ハッタリ言ってんじゃねぇ！」

「では実演しましょう。誰かこの中に負傷している人はいませんか？」

「……あ、はい。俺、開拓作業中に右腕を骨折しました」

「ちょっと前に出てきてもらっても良いですか？」

そう言うと、手を上げた青年がみんなの前に出てきてくれた。

「な、なぁ……アンタ本当に回復魔法を使えるのかよ」

「それに関しては安心してくれ。俺は実際にアルマから回復魔法をかけてもらったことがあるからな」

話に割り込むようにラウルが自慢げに言った。

「アンタもよそものだろ」

「ぐぬぬ……！」

ラウルは何も言い返せなくなって悔しそうに唇を噛《か》み締《し》めていた。

「ま、まぁすぐにその右腕を治しますから」

「ほんとかよ……」

「【エアリ】」

俺は回復魔法の【エアリ】を使用した。

「……え？　い、痛みがおさまったぞ⁉」

青年はそのまま固定していた包帯を取って、ゆっくりと右腕を動かした。

「な、治ってる！　す、すげえ！　本当に治ってるぞ！　アンタ、疑って悪かった！　治してくれてありがとよ！」

「いえいえ、どういたしまして。僕も回復魔法を実演できて助かりました」

「マ、マジかよ……本当に使えるのかよ」

「で、でもこれで怪我しても心配いらなくなったんじゃねえか？」

「確かにそうだな……！　魔物が２匹でも手伝ってくれるのは大助かりだ……！」

お、回復魔法を見せただけでかなり反応が変わったな。

やっぱりみんな怪我が怖いんだろう。

「みんな待ちなさい。判断するのは魔物が利口であることを見せてもらってからでも遅くないだろう」

領主であるエリックさんがみんなを静めた。

「ではアルマくん、成長した魔物の姿を実際に見せてもらえるかな？　……僕的には、アルマくんの後ろで魔物がじっとお座りをしているところを見ただけで満足ではあるんだけど」

「ははは、ありがとうございます。これぐらいは仕込めば、どうにでもなります。仕事を手伝ってもらうには人間の言語を完璧に理解していることを証明しなくてはなりません。今からこの魔物たちに指示をしてみますので、それを見てからご判断ください。——ウルフ、ボア、あそこにある木材を持ってきてくれ」

「ガル！」

「ボワ！」

俺が指を向けたところには、事前に用意していた木材が置かれている。

木材は口でくわえられるような大きさではないため、これを運ぶには賢くなければならない。

ウルフとボアは木材に向かって一直線に走っていく。

そして、器用に身体《からだ》を使い、背中に木材を載せた。

「「「おおー‼」」」

領民たちは感心した様子だ。

ウルフとボアは木材を俺のもとまで運んできて、地面におろした。

「よし、よくやったな」

「ガルゥ～」

「ボワァ～」

２匹の頭を撫《な》でてやると、気持ちよさそうに目を細めた。

「これは凄《すご》いな……！　一つ質問があるのだけど、アルマくん以外の人間の言うことも聞いてくれるのか？」

「はい。大丈夫ですよ。ある程度状況を理解して行動できるので」

「で、では……ごほんっ……ウルフ、ボア、その木材を僕のもとまで持ってきてくれ」

エリックさんがそう言うと、ウルフとボアは同じように木材を運んでいった。

「すげえ！」

「これなら仕事の手伝いも任せられそうだな！」

領民たちはその光景を見て、興奮しているようだった。

「ありがとう。ウルフ、ボア」

俺と同じようにエリックさんもウルフとボアの頭を撫でてあげた。

「エリックさん、どうでしょう。魔物たちに仕事を任せることを認めてくれませんか？」

「もちろんだとも！　大助かりさ！」

「では、魔物の牧場を作る件も？」

「うーん……そうだね。それは食糧的に厳しいような気もするんだよね」

「ああ、それなら大丈夫ですよ。僕がとっておきの作物を用意しますから」

「……ははは、アルマくんって一体何者だい……？　それで食糧問題が解決したらアルマくんは我が領地の救世主だよ……」

「ふふ、期待しておいてください！」

何者か？　と聞かれて、転生者と答えるわけにもいかないよね。

これについては、さりげなくスルーさせてもらった。

そして、俺はこの一件で領民から絶大な支持を得られることになったのだった。

魔物を披露した後、俺は畑の方へ向かうことにした。

それにラウル、ルナ、サーニャが同行する。

「なぁ次は一体何をするんだ？　とっておきの作物を用意するって言ってたけど、そんなのできるのか？」

「アルマが言ったことは実現するに決まってる。ラウルはそう思わないの？」

「思うけどさぁ、流石《さすが》に作物って一度に収穫できる量とか決まってるじゃん？　どんなにいいものを持ってきてもそれだけで食糧を賄《まかな》えるとは思えなくてなぁ」

「そうですよねー。私もそう思います。今までとんでもないことをしてきたアルマさんでも今回ばかりは難しいんじゃないかなーって」

「ははは、確かにラウルやサーニャの言うとおりだよ。一度に収穫できる量は今までとそう変わらない」

　むしろ収穫できる量は今までどおりのほうが都合は良い。

「……その口振りだと何か他に策があるってことか？」

「もちろん」

「す、すごい……！　その策を早く見てみたいです！」

「大丈夫。すぐに見せることになると思うから」

　なにせその作物は俺の【アイテムボックス】の中にあるのだから。

　畑に到着した俺は土を片手ですくってから、品質を確認した。

▲［土］《品質：低》▲

まぁそうだよなって感じの品質だ。
収穫していたカブの品質が低だったので、土もそれと同様だろう。
この品質を上げていかなければならない。
最低でも極上には達していないと、俺が収穫したいと思っている作物は育たない。
この畑以外の畑も品質は低、と見て間違いないだろう。
すべての畑の品質を極上まで引き上げる必要がある。
1つずつ品質を上げていこう。
品質を上げる際に必要になってくるのは土の中に含まれている魔素の量だ。
魔素の量を増やすことによって、土の品質も上がっていく。
魔素を増やすにはカブのときと同じように俺が魔力を送ることも一つの方法だ。
しかし、そんなことをしていてはすべての畑にある土の品質は上げられない。
それにはもっと膨大な魔力が必要になるのだ。
現実的じゃない。

だからこれを使うんだ。

▲

［豊穣神《ほうじょうしん》の肥料］

穀物や農作物の豊穣を司《つかさど》る豊穣神から授かった肥料。

この肥料を畑にまくことによって、収穫される作物の品質は大きく向上する。

▲

これはダンジョンの宝箱に入っていたような気がするな。

出現するモンスターの強さもかなりのもので宝箱の中身もめちゃくちゃ豪華なダンジョンだった思い出がある。

［豊穣神の肥料］は結構量があるので、足りなくなって困ることは当分ないだろう。

「またなんか取り出したな……ん、それは肥料か？」

「そうそう。これを畑にまくんだ」

「え？　作物は？」

「作物を育てるための準備だよ。まぁ準備に３日はかかるかな」

土の品質を極上にするまでの日数は大体３日だろう。

「準備に3日だと……!?」

「流石に3日はかかってしまうな。無理をすれば今日中にできるだろうけど、それをやるぐらいなら他の作業を進めちゃったほうが効率良いだろうし」

「いやいや、俺は遅い的な意味で言ったんじゃないからな？　農作業するのに準備が3日って早すぎないか？　って意味だからな！」

「なるほど、そういうことか。……早いかな？」

俺がそう尋ねると、3人は首を縦に振った。

そっかー。

3日は早いかぁ。

「まぁでも早ければ早いほど良いよな！　ってことで、早速準備に取り掛かろう」

俺は［豊穣神の肥料］を3人に渡して、領内の畑にまいてきてくれるように頼んだ。

そして無事に肥料をまき終わった俺たちは、ルナの家に帰ってきた。

「ふぅ～、まき終わったぜ」

「みんなお疲れ様」

みんなに手伝ってもらったおかげでスムーズに進んだ。

あとは3日経《た》つのを待つだけだ。

「アルマさん、これから何をするんですか？　3日経つまで他のことをやるって言ってましたけど」

「そうだなぁ……開拓作業でも手伝おうかな」

「良いですね！　私も手伝います！」

「私も手伝う」

「ははっ、ありがとう二人とも」

「もちろん俺も手伝うぜ。明日はみんなで開拓作業だな！」

「それは楽しそうだ」

魔物を披露した一件で領民たちから認めてもらえるようになったのは間違いないが、それでもまだ足りない。

開拓作業を通じて、その距離を更に縮められれば良いな。

これから3日間は開拓作業だ。

みんなで朝食をしっかりと食べて、開拓現場に向かう。

「おお……山だ」

ラウルは口を大きく開いて呆然《ぼうぜん》としていた。

「うん、山」

「山を整地して、暮らせる場所を増やしているんですよ。今私たちが立っているここら辺も整地された場所なのです」

「なるほど、確かにこれは大変な仕事だな」

領民たちは既に働いているので、作業内容がパッと見で分かる。
・山を削る
・埋め立て
・地面を叩《たた》いて地盤を固める
・草刈り
大雑把な作業はこんな感じか。

大きな木とか大きな岩はそのまま残されていたりして、処理に困っていそうな印象を受けた。

俺たちに気づいたのか、領民の一人が作業を中断してこちらにやってきた。

痩せた老人だが、元気そうで表情も明るい。

白い髭《ひげ》が特徴的だ。

「おや、ルナ様とサーニャ様ではないですか！　本日はどうされましたか？」

「こんにちは～」

「今日は開拓作業を手伝いに来た」

「それは助かります！　そちらのお二人はもしやアルマさんとラウルさんですかな？」

「うん」

「どうも、アルマです」

「俺はラウルです！　これからよろしくお願いします！」

俺とラウルは頭を下げて挨拶をした。

「ワシはオスカルと申します。アルマさんの噂《うわさ》は既に聞いておりますぞ！　なにやら魔物を使役して、賢く調教したとのことですな。なんとも頼りになるお方だ」

「流石アルマだな。もう領内で噂になってるみてーだぜ」

「ははは、良い噂だけだといいんだけどね」

「もちろん良い噂ばかりですぞ！　領民たちはみんな、アルマさんに期待しておりますから」

「それはありがたいですね。期待に応えられるように頑張ります」

「楽しみにしておりますぞ。それでアルマさんとラウルさんも開拓作業を？」

「はい。色々な仕事を経験してみたくて」

「良い心意気ですな。それではまず、作業の説明からしましょうか。あちらの小屋に道具を置いてあるので、そちらに向かいましょう」

俺たちはオスカルさんの後をついていき、木造の小屋に移動した。

小屋の中には色々な種類の道具が置かれている。

スコップやピッケル、鎌、その他にも見慣れない道具があった。

それから俺たちはオスカルさんから作業の説明をしてもらい、ルナとサーニャは草刈り、俺とラウルは整地をすることになった。

小屋から出ると、近くには早速草が生い茂っている場所があった。

「それじゃあルナ様とサーニャ様には、まずここからやってもらいましょうかな」

「よーし、いっぱい刈るぞー！」

「……これ魔法使ってもいい？」

「もちろんいいですぞ。しかし、使い方には十分気をつけてくださいな」

「うん。分かってる。サーニャ、ちょっと待っていて」

「はーい」

「【ウインドカッター】」

ルナが風魔法の【ウインドカッター】を詠唱すると、風が草を切り裂いた。

ルナは一瞬にしてここら辺の草刈りを終わらせたのだった。

いい選択だ。

俺もこの規模の草刈りをするなら、その魔法を選ぶ。

「な……ななっ、何が起きたんじゃ……？」

「お姉ちゃんスゴい……！」

「どやっ」

ルナは自慢げに胸を張った。

このように魔法を使えば、開拓作業を一気に進めることができる。

言ってしまえば、俺はこの開拓作業はやろうと思えば1時間もしないうちにすべてを終わらせられるだろう。

でも、それじゃあ意味がない。

俺がそんなことをすれば領民たちの働く意志は消えていく。

思い描く発展を遂げていくには、領民たちの頑張りが必要不可欠だ。

だから最低限のことだけを俺はやるつもりでいる。

「すげえな《賢者》のギフトってのは……」

「ラウルも《疾風の剣士》っていうギフトをもらったんだろ？　風魔法ぐらい使えるんじゃないか？」

「そうだな。俺も風魔法ぐらい……って使えないんだよなぁ」

「そ、そうだったか。悪いな」

「くぅ～、アルマも魔法をたくさん使えるもんな。俺も使ってみたいぜ」

「よければ教えるよ」

「えっ⁉　ほんとか⁉」

「もちろん。たぶんラウルのギフトなら風魔法の適性があると思うよ」

「よっしゃー！　じゃあよろしく頼むわ！　これで開拓作業も気合が入るってもんよ！」

ラウルのギフトもなかなか良いものを授かっていると思うんだよな。

鍛えれば、ラウルもかなりの実力者になれるはずだ。

「草、私が全部刈り尽くす」

「お姉ちゃんいけいけー！」

……ルナとサーニャはノリノリで草刈りをやっていた。

ルナが風魔法を使っているだけなので、サーニャはただ盛り上げているだけだけど。

「……ま、周りの人に当たらないように気をつけるんじゃぞ」

オスカルさんはそれを遠目に眺めて、注意を促した。

「ご、ごほん。さて、アルマさんとラウルさんも開拓作業を始めましょうか。ついてきてくだされ」

オスカルさんに案内されてたどり着いた場所には人だかりができていた。

大きな岩を前に話し合っている。

「困ったなぁ……」

「縄で縛って、みんなで引っ張るってのはどうだ?」

「うーむ、それしかないか……」

大きな岩になにやら困っている様子だった。

「むむ、どうやら開拓作業中に大きな岩が出てきたようですな。これをどかさないと開拓作業が進められませんな」

オスカルさんが状況を説明してくれた。

大きな岩か……。

これぐらいなら俺が手を貸しても大丈夫だろうな。

もっと凄いことをいっぱいやろうとしてるし。

「その岩壊せますよ」

そう言うと、みんなの注目が俺に集まった。

全長5ｍにも及ぶ大きな岩。

なんでこんなデカい岩があるんだ……？

それになんだか少し魔力を帯びているようにも見える。

魔石と呼べるほどの魔力量はないので、ちょっと不思議だ。

そう疑問に思ったが、何はともあれこの岩のせいで作業が中断しているので壊すほかないか。

「壊せるって言ったって……とんでもないデカさだぜ？」

「い、いや待て！　もしかして畑を荒らしていた魔物を従えたっていうアルマだろ？　回復魔法もかなりの腕前らしいじゃないか！」

作業を中断していた領民たちの間がざわざわとしだした。

それから岩の前に集まっていた領民たちが道をあけた。

「「「よろしくお願いします！！！」」」

領民たちは息を合わせてそう言った。

「大人気だな」

「ははは……」

まぁとりあえずやってみよう。

岩の前まで歩いていく。

近くで見ると、なかなかの大きさだな。

「危ないので皆さんは離れていてください」

俺の指示に領民たちは素直に離れていってくれた。

ちょっとは信頼されているってことだろうか。

よし、それじゃあ早速壊していこう。

意気込んで魔法を詠唱しようとしたそのとき、大きな岩が帯びている魔力が少し変動した。

……なんで？

物質から発せられる魔力は常に一定のはずだ。

こんな風に魔力が変動するなんて、まるで生き物みたいだ……。

――もしかして！

思い当たる節があったので、俺は【鑑定】を無詠唱で使用した。

▲

［ロックドラゴンの卵］

状態：もうすぐ生まれそう
▲

や、やっぱり！

これは岩じゃなくて卵だったんだ。

……って、なんつーデカさをしているんだ。

俺は更に中の状態を調べるために【物質透過】を無詠唱で使用した。

中の状態は、卵を守るように岩が形成されている。

卵のサイズは全長50㎝ぐらいだ。

なかなかの大きさだが、この岩のほとんどは卵を守るために形成されたものだということだ。

それにこの卵の主は生きている。

だったら卵にダメージが加わらないように、それ以外の部分を破壊させてもらおう。

いちおう、周りに岩の欠片《かけら》が飛び散らないように結界を張っておくか。

【物理結界】を無詠唱で使用し、準備万端だ。

早速、岩を壊していこう。

「【ショックウェーブ】」

俺は魔法で宙に飛び上がり、岩の上部から風魔法の【ショックウェーブ】を詠唱した。

魔法の発動場所は上からのほうが綺麗《きれい》に岩を破壊することができる。

【ショックウェーブ】は風を引き起こし、衝撃波を起こす魔法だ。

風に魔力を乗せることにより、破壊力は格段に増すが、卵を割らないようにコントロールする必要がある。

まあこれぐらいのコントロールなら、朝飯前だけども……。

ビリビリビリッ――――!!

ドーンッ！！！

大きな岩が勢いよく砕けた。

側《はた》から見れば、ただ岩が砕けたように映るだろう。

魔法だとは、なかなか分からないかもな。

中心部で守られていた卵が落下していく。

【風の絨毯《じゅうたん》】を無詠唱で使い、ほんの少しの間だけ宙に浮かせた。

そして俺が落下していくと同時に卵をキャッチした。

卵に衝撃が加わらないように風魔法を利用してふわっ、と着地する。

「「「うおおおおおおお！！！　岩が壊れた！！！」」」

領民たちから歓声があがった。

「すっげええ！　やっぱりアルマはすげえよ！　……ん？　その手に持っているものはなんだ？

「たまげたね。完全に岩の中から卵が出てきたよ。卵みたいだな」

「ラウルの言うとおりだよ。これは卵さ」

「た、卵⁉　なんで岩の中から卵が出てくるんだよ⁉」

ラウルが驚くと、領民たちにもその驚きは伝播《でんぱ》していった。

「卵だと……」

「食べられるのだろうか……」

「誰かが毒味をする必要があるな……」

「アルマさんは回復魔法も使えるから万が一毒があっても安心だね」

なんか卵を食べるみたいな流れになってるんだけど……！

食べるなんて勿体《もったい》ない。

ロックドラゴンの成竜は魔物の中でもかなりの実力を持っている。

育てれば間違いなく、化ける存在だ。

ピキ……ピキピキ……！

パカッ！

卵から足が飛び出してきた。

ロックドラゴンという名前だが、足の色は白くて柔らかそうだった。

「生まれるのか……？」

「なんだと？」

「岩から出てきた卵から何かが生まれるぞ！」

領民たちは俺を囲むように近づいてきた。

卵はヒビだらけになっていく。

そして、ついにロックドラゴンの赤ちゃんは卵を破った。

「……キョウン？」

白色の小さな竜が生まれた！

目がくりくりしていて、とてもかわいらしい。

「りゅ、竜だ！　岩から竜が生まれたぞ！」

「すげえ！」

「不思議なこともあるもんだなー！」

領民たちは開拓作業をそっちのけで、ロックドラゴンの赤ちゃんの誕生に驚きまくっていた。

新しい仲間が増えたのかな……？

まあ近くに親のロックドラゴンの気配はないし、この領地で育ててあげるしかなさそうだ。

しかし、育てるとなると色々と問題が浮かんでくる。

まずは領民たちに受け入れてもらわなければいけない。

なにせドラゴンの子供だ。

大きくなれば領地の脅威となるかもしれない存在である。

受け入れにくいものがあるだろう……。

領民たちはロックドラゴンを興味深そうに見ていた。

「かわいいなぁ〜！」

「ドラゴンってのは岩の中に卵を生むのかー。すごいな！」

「白い子だなぁ。まるで雪みたいだ」

「冬になったとき外に出てると、どこにいるか見つけられないかもしれないな！」

領民たちはロックドラゴンの子供を見ながらハッハッハ、と笑っている。

「キュイッ！　キュイッ！」

ロックドラゴンの子供も同じように喜んでいる様子だ。

……あれ？

思っていた以上にもう馴染《なじ》んじゃってる？

「キュウン……？」

ロックドラゴンの子供は俺の方を振り向き、てくてくとこちらに歩いてきた。

「キュイッ」

パタパタと翼をはばたかせて、俺に向かって飛んだ。

生まれたばかりで飛行時のバランスはとても危なっかしい。

「キュッ⁉」

バランスを崩してロックドラゴンの子供は落下しそうになる。

「わわっ⁉」

ほら、やっぱり！

俺は慌ててロックドラゴンの子供を両手で受け止めた。

「「「おお～！！！」」」

パチパチと領民たちから拍手があがる。

「ふぅ……流石アルマだぜ！」

ラウルも安堵《あんど》の表情を浮かべて言った。

「キュ！　キュッ！」

ロックドラゴンの子供は楽しそうに笑っていた。

「まったく呑気《のんき》なものだよ……」

「ほっほっほっ、それが子供というものですぞ」

オスカルさんは愉快そうだった。

「ははは、そうかもしれませんね」

「しかし、そのロックドラゴンの子供はどうされますか？　見たところ既にアルマさんに懐いている……いや、親だと思われているのかもしれませんな」

「はい。なので僕が育ててあげようかなーって思ってます」

「そうですな。それが一番いいかもしれません」

オスカルさんは満面の笑みを浮かべた。

「やっぱりアルマならそう言うと思ったぜ！　しかし次はドラゴンの子供かぁ～」

「ラウルはドラゴンが苦手？」

「得意、苦手の前に見たことがなかったな」

「フェンリルに怯《おび》えてたからドラゴンも苦手かなって」

「アルマ……あれは誰でも怯える。それに目の前にいるのは子供だ。流石の俺も怯えたりしないさ」

「確かにそうだね。ごめんごめん」

「なに、気にするなよ」

そんな会話をしていると、オスカルさんの笑みが段々と引きつっていった。

「……フェンリルってもしかして近くの森に住んでいると言い伝えられている……あのフェンリルですかな？」

「そんな言い伝えがあったんですね……。まあたぶんそうですよ。森の主みたいだったので」

「……あのフェンリルにお会いしたんですか⁉　ま、またまたご冗談を……」

オスカルさんの様子を見たラウルが俺の肩に手を回して、後ろを向かせた。

「冗談ってことにしておいたほうがいいんじゃないか？　話がややこしくなりそうだぜ」

ラウルはヒソヒソ声で話した。

「確かに……そうかもしれないね」

俺も同じようにヒソヒソ声で話した。

ラウルの言うことはもっともだった。

振り返って、俺は笑みを浮かべた。

いかにも冗談を言ったような笑みを意識する。

「ハハハ、もちろん冗談ですよ……」

……意識しすぎてもしかすると笑顔が不自然になっているかもしれない。

「……まさか本当ですか？」

「いえ、冗談です」

今度は真顔で答えた。

「ほほほっ、流石に冗談でしょうな。アルマさんも冗談はほどほどに願いますぞ」

「あはは……気をつけます」

そんな感じで俺はこの場を乗り切った。

◇

1日目の開拓作業が終了した。

結果だけ伝えると、ルナはほぼすべての雑草を刈り尽くした。

明日からはルナとサーニャと一緒に作業をすることになる。

やはりルナは魔法の扱いが上手《うま》い。

これでギフトをもらったばかりだというのだから驚きだ。

ロックドラゴンの子供はめちゃくちゃ人懐っこくて、すぐに領民たちから受け入れられた。

育てるのは俺の役目になった。

そして育てるなら、とロックドラゴンの子供の名前をみんなで話し合った。

話し合いの結果、ルナがボソッと言った「ロック」という名前に決定した。

岩から卵が出てきたという事実と名前としての響きの良さが決定理由だ。

ロックも自分の名前を気に入っている様子だった。

何を言っているのか理解しているのかな?

……流石にないか。

もう少し大きくなったら二つ名をつけてあげたいな。

あと地味に嬉《うれ》しいことがもう一つあった。

「アルマさん!　明日もドラゴンと遊ばせてー!」

と、小さな子供たちからお願いされたのだ。

愛くるしい見た目で子供たちからの人気も高い。

俺も結構子供たちから慕われているみたいでとても嬉しい。

ロックドラゴンの子供の育て役を引き受けたおかげでより一層、領地に馴染みつつあるかもしれない。

「……人と関わるっていうのは楽しいな」

俺は部屋のベッドにバタン、と寝転んで呟《つぶや》いた。

部屋は新しく用意してくれたものだ。これで俺とラウルは共用せずによくなった。

思えば、実家を追い出されてから色々なことがあった。

今まで実家での生活はこんなに明るい雰囲気のものではなかった。

改めて振り返ると、実力をかなり重視して英才教育が施されていたことが分かる。

ギフトがない無能と判断された俺が実家から追い出されたのも当然だったのかもしれない。

なんだか胸のモヤモヤが晴れたような気分だ。

「さて寝よう。明日も早起きしないといけないからな」

◇

翌日も早朝に起きた俺は、今日こそ開拓作業に励んでいた。

昨日はロックドラゴンの子供——ロックが生まれて、作業は一時中断していたからな。

現在、ロックは木陰で眠っている。

朝食を食べてお腹《なか》いっぱいになってからぐっすりだ。

食事は昨日、子供が近くの川で釣ってきた魚を擦り潰して与えてみた。

ロックはむしゃむしゃ、と勢いよく食べた。

ドラゴンはなんでも食べると聞いていたが、それは本当だった。

そんなロックの近くで俺たちは開拓道具を持って、新たな領土を広げていく。

ルナも流石にこのような場面で有用な魔法は覚えておらず、一緒に汗水流して働いていた。

「……疲れる」

段々とルナの動きが遅くなっている。

スタミナが切れてきたのだろう。

ちなみに今はお昼前でそろそろ疲れも溜《た》まってくる頃だな。

「だらしないぞ～。ほら、頑張れ頑張れ」

ラウルはパンパン、と手を叩いてどこか調子が良さそうだ。

「お姉ちゃん！　頑張って！」

妹のサーニャも姉のルナと比べて元気そうだ。

ステータスはルナとあまり変わらないように思える。

実際のところどうなのか。

気になったので俺は【鑑定】をサーニャに使ってみた。

［名　前］サーニャ
［レベル］3
［魔　力］15
［攻撃力］45
［防御力］30
［持久力］40
［俊敏力］30

お、レベルのわりになかなか恵まれたステータスだ。

開拓作業の様子を見ていると、どうも慣れているようだったので、日頃からこういった作業をしていることが窺える。

そのおかげでステータスがわずかに上昇しているのだろうな。

ステータスを上昇させる方法はレベルを上げる以外にもいくらでもあるので、開拓作業で上昇したとしても、まぁそこまで珍しくはない。

周りの子供たちのステータスも同年代より少し高めに出るんじゃないかな？

しかし、ルナの持久力はサーニャの倍近くある。

だというのに、ルナはサーニャよりも早くバテてしまっている。

「アルマ……こういうとき何か良い魔法ない？」

ルナは弱音を吐いていた。

「あるにはあるが、それよりもルナは身体の使い方をもう少し見直したほうがいいな」

「身体の使い方？」

「ああ。ステータスどおりの実力を発揮できていれば、ルナはまだ疲れるはずがないんだ。その証拠にステータスの低いサーニャがまだまだ元気だろ？」

「へ？　私ってお姉ちゃんよりステータスが低いんですか？」

「レベルを考えたら高いほうだけどね」

「なるほど！　確かにお姉ちゃんは昔から部屋に引きこもっていたもんね～」

グサッ、と何かが刺さったようにルナは静止した。

「……私は魔法の勉強をしていただけだから」

「そのせいで今、苦労しているんじゃな～い？」

「でも魔法はたくさん使えて」

「魔法以外何もできなくなっちゃったね。方向音痴だし」

「おまえは鬼か！　そのへんにしといてやれ！　ルナが泣いちまうぞ！」

ラウルが間に入って止めた。

ルナは目に涙を浮かべていた。

「あ～、泣いてるお姉ちゃんもかわい～！」

「……泣いてないから」

「ひ、ひでぇ」

「サーニャの本性が見えたな……」

「えへへっ、そんなことないですよ～」

笑顔のサーニャを見て、彼女に全然悪気がないことに気づいた。

ルナは恐ろしい妹を持ったもんだ。

「……それで、身体の使い方ってどうすればいい？」

ルナは目元を拭ってからそう言った。

触れないであげよう。

それが優しさだ。

「習うより慣れたほうが早いと思うよ。今日と明日、開拓作業を頑張っていればちょっとは改善されるさ」

「えぇ……」

ルナは嫌そうな表情を浮かべた。

「魔法を使ううえでも大事なことだから。頑張ろうな」

「……アルマがそう言うなら」

そう言って、ルナは渋々納得してくれたみたいだ。

◇

そして、3日間の開拓作業のお手伝いは終了した。

結果として、俺は領地にかなり馴染むことができたし、ルナも体力をつけたようだった。

「でもさぁ、なんで3日だったんだ？」

夕食の後に散歩をしていたとき、ラウルがそんなことを聞いてきた。

「あれ？　理由言ってなかった？」

「聞いてないぜ。アルマの言うことだから間違いはなさそうなんだけど、正直半信半疑だな。だって3日だぜ？　早すぎないか？」

そうか、理由を教えていなかったか。

なんかいい説明あるかな……。

そう考えようとして、すぐにやめた。

「ま、ここまできたら何が起こるのか、明日を楽しみに待っていてよ」

きっと、そのほうが驚いてくれるだろうから。

「ははっ、アルマがそう言うってことは何か起こるんだろうな。分かった！　楽しみに待ってるぜ！」

「度肝を抜かれることになるよ」

「ほぉ～、それは期待できるな。まさか明日には植えられた野菜が全部収穫できるようになっていたりしてな」

「ははは」

◇

「うおおおおおおおおおおぉぉぉぉぉぉぉ⁉」

そのまさかである。

翌日、俺はラウルの叫び声で目を覚ました。

外に出てみると、畑に植えられた野菜たちが一斉に収穫可能レベルにまで成長していた。

ルナたちが住む家は高台に建てられていて、村全体を一望できるようになっているため、非常に畑の変化が分かりやすい。

昨日はまだ発芽していたぐらいだったことを考えると、驚きの生長速度である。

「凄すぎるだろ！　まさか本当にこうなるとは思わねぇよ普通！」

「いやぁ、昨晩は俺もビックリしたよ。まさか予想で当てられるとは思わなかった」

「俺も当たってるなんて夢にも思わなかったわ……」

「なに騒いでるの……」

パジャマ姿のルナが眠い目を擦りながら外に出てきた。

「早朝に悪いんだけどさ、これ見たら騒ぎたくもなるって！　ほら、見てみろよ！」

ルナは、ゆっくりと瞼《まぶた》を開けていった。

「……すごい」

ルナは声を発するまで、口をポカーンと開けたままになっていたので驚き具合が見て取れる。

「だろ？　アルマが取り出した肥料ヤバすぎだろマジで！」

「うん……。これなら食糧の確保にもかなり役立つ」

「だよなだよな！　本当に解決しちまったよ！」

「二人とも、まだ気が早いよ。作物のタネもとっておきのものがあるんだからさ」

作物のタネを替えることによって、収穫量も変わるし、品質も変わる。

俺の持っているものは、今までの作物とは比にならないだろう。

「アルマって本当に何者だよ！」

……転生者です、なんて言えるはずもないので俺は笑って誤魔化した。

◇

領民たちが起き出す時間になると、領地は騒がしくなっていた。

「こりゃどーなってんだい⁉」

「なんで畑がこんなことに⁉」

「困ったねぇ。これは今から収穫だよ！」

「でも、一体どうしてこんなことが……？」

農家の人々は嬉しい悲鳴をあげていた。

それを聞いた子供たちは皆、口々に言う。

「きっとアルマお兄ちゃんだよ！」

「だよね！　こんなのアルマさんにしかできないよ！」

……その様子を俺は近くの茂みの中で聞いていた。

「おいアルマ、なんで隠れているんだよ」

ガサガサ。

同じ茂みの中で隠れているラウルが言った。

いちおう隠れているので、小声で話している。

「畑の方へ降りていったら、ちょうど皆が外に出てきたからそれでつい……。まあでもラウルだって俺と同じように茂みに隠れたじゃないか」

「そ、そうだけどよぉ。隠れる必要あったか？」

「でも今更外に出られないだろ」

「アルマお得意の魔法でなんとかならないかな？」

「その手があったな」

「なんとかなるのかよ！」

「ラ、ラウル、声が大きいってば！」

「わ、わりぃ！」

「キュオンッ！」

いつの間にかロックが茂みの上でパタパタと飛んでいた。

こいつ、屋敷《やしき》からこっそり付いてきてたな⁉

「あれ？　ロックだ！」

「茂みの上に止まってる！　なんで落っこちねーの？」

それは茂みの上で止まっているのではない。

俺の頭の上に乗っているのだ。

「うわ！　茂みの中にアルマお兄ちゃんがいる⁉」

「ラウルもいるぞ⁉」

「てめえクソガキ！　なんで俺だけ呼び捨てなんだよぉッ！」

ラウルは茂みの中から飛び出した。

「「わー！　怒ったー！」」

「こら待てぇっ！」

逃げ出す子供たちをラウルは追う。

怒っている様子だが、子供たちに付き合ってあげているだけで本気ではないだろう。

俺も茂みの中から出るか。

「おまえのせいでバレちゃったぞ、ロック」

「キュ？」

何も分かっていない様子だ。

「ん、そういえばご飯をまだあげていなかったな」

そうだ、収穫した野菜をロックに食べさせてあげよう。

もう野菜の収穫を始めているみたいだし。

良ければちょっともらえないかな。

「すみませーん、そのニンジン１本もらっても良いですかー？」

「おお、アルマさん！　もちろんですとも！　それとこの野菜、アルマさんが生長させてくれたって噂だけど本当かい？」

「だ、誰がそんな噂を？」

「ルナちゃんとサーニャちゃんがそう言って領内を回っていたよ」

「あの二人、そんなことをしていたのか……」

「領主のエリックさんも嬉しそうにしていたよ」

「エリックさんが？」

「そうとも。今は野菜の収穫を手伝ってくれているよ。あれだけ領民に寄り添ってくれる領主はまずいないだろうさ」

そうだったのか。

領主としての仕事をこなしながら領民の手伝いをするのは、かなり大変だろう。

……凄いな、エリックさん。

「ははは、まぁ俺が生長させたというよりも俺の持っていた肥料が優れていただけですけどね。勝手ながら領内の畑すべてに肥料をまかせてもらっていたんです」

「……肥料だけでこんなことが起きたのかい？」

「そうなりますね」

「……すごく便利な肥料があるんだね。――はい、これ。ニンジンだよ」

「おお、ありがとうございます！」

「キュ！」

手に持ったニンジンにロックはかぶりつこうとした。

「洗ってから食べさせてあげるよ」

そう言って、俺は猛攻をかわした。

「元気いっぱいだね〜。子供は元気が一番さ」

農家のおじさんは楽しげに笑った。

それから俺は水魔法【ウォーター】を使って、ニンジンについた土を洗い流した。

ロックに食べさせてあげながら、エリックさんを探す。

魔法を使えば一瞬だけど、のんびりと歩いて探し回りたい気分だった。

のどかで日差しが心地いい。

「アルマさん、こんにちは！」

また別の子供から話しかけられた。

コリンという名で、茶髪で目が丸くて大きい男の子だ。

「やぁコリン。エリックさん見なかった？」

「あっちの畑にいたよ」

「ありがとう」

「ロック、ニンジン食べてるね」

「朝ごはんだよ」

「へー、ドラゴンってなんでも食べるんだね」

「そうだね。餌のあげすぎには注意しないとなぁ」

「頑張ってね！　あとで遊ばせてね」

「エリックさんの屋敷に来てくれればいつでも遊ばせてあげるよ」

「わーい！　分かったー！」

そう言って、コリンは走ってどこかに行ってしまった。

これから誰かと遊ぶのだろう。

「さてと、エリックさんのところに向かうか」

コリンに教えてもらった畑に到着。

エリックさんは帽子を被《かぶ》って、カブを収穫していた。

「お疲れ様です。エリックさん」

「お、アルマくん。いやぁ、凄いね！　こんなにすぐ生長しちゃうなんて思わなかったよ！」

エリックさんは嬉しそうにカブを引っこ抜いて、尻もちをついた。

「これからは種を蒔《ま》いてから約3日で収穫できるようになりますよ」

「み、みっかぁ⁉」

「これで食糧の心配もなくなりましたし、労働力が欲しいところですよね」

「そうだね……。うん、アルマくんに魔物牧場の建設を頼もうか」

「ありがとうございます！　任せてください！」

よし、これでかなりの労働力を確保できるぞ！

森の魔物を従魔にする前に、森の主であるフェンリルに話を通しておかないとな。

……あ、いけない。

俺は立ち去ろうとしたところで、エリックさんに渡すものを思い出した。

「エリックさん、次に植えてほしい作物のタネをお渡ししてもいいですか？」

「ん？　いいよ。でも麻袋とかに入れておきたいから、あの小屋まで移動しようか」

そして木造の小屋に移動した。

小屋には農具が置かれている。

作物のタネも麻袋に入れて保管されていた。

麻袋は結構大きくて、タネを大量に収納できそうだ。

「この麻袋にタネを入れておいてもらえるかい？」

そう言って、エリックさんは空の麻袋を渡してきた。

「分かりました。あ、何種類かタネがあるので、種類ごとに分けましょうか」

「それは助かるよ。……あ、今は他に空っぽの麻袋がないな」

現在、他の麻袋に入っている作物のタネはもう使うことがないだろうけど、そのタネ全部出しましょう、なんて言えるはずもない。

んー、麻袋がないなら作るしかないか。

「すみません、ちょっとこの麻袋借りますね」

「そうだね。とりあえず今入れられる分だけ収納しておこうか」

「いえ、一気にすべて収納しますよ――【複製】」

白色の淡い光が麻袋を覆った。

「え、ええっ⁉」

何もない空間にも光が伝播した。

淡い光は麻袋の形に変化し、濃さを増していく。

光が消えると、そこには2つの空っぽの麻袋があった。

「えーっと種類はたまねぎ、キャベツ、トマト、じゃがいも、大根、ニンジン、とりあえずこの6種類だから、あと4つ麻袋を作ればいいのか」

「ア、アルマくん……。君はこんなことまでできるのかい？」

「まぁこれぐらいなら……いちおう魔法使いなので」

「そんな魔法使い見たことないよ！　でもアルマくんがいれば、本当にこの領地は急速に発展を遂げていくかもしれないなぁ。はは、なんだかとても楽しみになってきたよ！」

「もちろんです。すぐに立派な領地にしてみせますよ」

この領地が帝国にまで知れ渡るレベルで大きくなれば、かなり実家を見返すことができるな。

父上たちの悔しそうな表情が目に浮かぶ。

実物を見られないのが残念だ。

「頼りにしているよ」

「はい、任せてください！」

返事をしながら、俺は【複製】で残り４つの麻袋の作成に取り掛かる。

この【複製】は麻袋だけでなく、中身まで同じものを作れてしまうため、袋だけが必要なら空っぽの麻袋に使わなければならない。

また、便利な魔法だが、品質が中以上のものになってくると同じものは作れない。

今回は他の麻袋に入っているカブのタネの品質が低なので、一緒に【複製】できてしまうというわけだ。

空っぽの麻袋は２つしかないため、一気にあと４つは作れない。

２つに【複製】を使い、４つに。

４つに【複製】を使い、８つに。

必要なのは６つだけど、２つは予備に取っておけばいいだろう。

「す、すごい！　この短時間で８つの麻袋を作ってしまうなんて……！」

……何かするたびに褒められるのもなかなか慣れないもんだな。

「さくっとタネを入れておきますね」

「助かるよ。……でも、どこにタネを持っているんだい？」

「魔法で収納してあるんですよ。今取り出しますね——【アイテムボックス】」

アイテム名が羅列された透明の板が出てきた。

「ほ、ほう？」

この透明の板は、俺以外は見ることができないので、エリックさんは不思議そうに俺を見ている。

透明の板を操作して、お目当てのタネを見つけた。

［豊穣神のたまねぎのタネ］［豊穣神のキャベツのタネ］［豊穣神のトマトのタネ］［豊穣神のじゃがいものタネ］［豊穣神の大根のタネ］［豊穣神のニンジンのタネ］これらを１０００個ずつ取り出して、麻袋の中にそれぞれ収納した。

分からなくなると、不便なので麻袋に収納してあるタネの名前を明記しておこう。

指先に魔力を集中させ、魔力痕を残す。

たまねぎ、キャベツ、……、という風に麻袋に明るい青色で記しておいた。

魔力の色は属性を重ねることによって変えることができる。

見やすいように色は、麻袋の色と反対色にした。

「よし、これで大丈夫ですね」

「うんうん。ありがとう。もうアルマくんのやることなすことにいちいち驚いていてはキリがないなって気づいたよ」

「ははは……そうかもしれないですね」

否定はできなかった。

「それじゃあ、これはまた収穫が終わったら植えさせてもらうよ」

「よろしくお願いします！　それじゃあ僕は、魔物のほうをなんとかしておきますね」

「うん。よろしく頼むよ」

よし、これでエリックさんの許可はもらった。

あとは……あの森の主をなんとかするだけだな。

人目のないところに移動して、【テレポート】を使用した。

行先《いきさき》はフェンリルの住む森だ。

景色が一変した。

木陰で視界が少しだけ暗くなり、畑のにおいから森のにおいに変わった。

さて、フェンリルを探そう。

「【サーチモンスター】」

【サーチモンスター】は索敵魔法の一種で特定の魔物の居場所を見つけ出すことができる。

これは以前使用した【サーチアイ】と同系統の魔法だ。

【サーチモンスター】も同様に周囲の視覚情報を得ることができる。
だが、森の中では視覚情報を得ても場所を特定しづらい。
なので周囲のマップ上にフェンリルの居場所を表示させよう。
索敵対象をフェンリルにして……っと。
マップ上にフェンリルの居場所が赤い点で表示された。
ここは洞窟の中のようだな。
そうか、フェンリルは洞窟を住処《すみか》にしていたわけか。
「【テレポート】」
俺は【テレポート】を使用して、フェンリルのもとへ移動した。
空間魔法と索敵魔法はこういう使い方もできたりするから非常に相性が良い。
『お主、どこからやってきおった……』
移動すると、フェンリル親子は肉にかぶりついていた。
どうやら食事中だったようだ。
『ちょっとフェンリルに用事があってさ』
『おー！　アルマー！』
フェンリルの子供は食事をやめて、俺に飛びついてきた。
俺はそれを受け止めて、抱っこする。

モフモフだ！

やっぱりかわいいなぁ！

『約束どおり遊びにきたよ』

『やったー！』

『ふむ、めちゃくちゃに懐いておるな。しかし、お主が森に入っていたとは我でも気づかなかったぞ』

『短時間で【テレポート】を二回使ったからね』

【テレポート】も【サーチモンスター】も対象の距離が遠くなればなるほど、魔力の消費が激しくなる。

このように何回かに分けて使ったほうが魔力の節約になるってわけだ。

『【テレポート】か。本当にお主は色んな魔法が使えるな』

『それほどでもないよ。悪いけど、早速本題に移らせてもらってもいいかな？』

『構わんぞ』

『――この森、俺の支配下に置かせてもらってもいいかな？』

森の魔物を従わせて、フランドル領で働いてもらうのなら、この森すべてを俺の支配下に置いてしまうのが一番手っ取り早い。

そうすれば、フェンリルも使役することができるようになる。

フェンリルの子供とロックが仲良く遊ぶ未来も遠くないな。

『なかなか好戦的な話だな。お主、我を甘くみておるのか？』

『フェンリルには一つ俺に借りがあるだろ？　それを今回、返してもらえたらなーとか思ったり』

フェンリルの息子に会っただけなんだけどね。

でも、それで快く承諾してくれたらかなり楽だ。

『ふっ、それは随分と大きな借りだな。……まぁよかろう。しかし、条件がある』

『条件？』

『我と戦って勝てば、この森の主の座はお主に渡そうではないか』

『ありがとう、フェンリル』

『礼を言うのはまだ早いだろう？』

そう言ってからすぐに、フェンリルは風を纏《まと》って突進してきた。

い、いきなりかよ⁉

常人ならば、まず反応できない速度だ。

……でも、悪いな。

フェンリル、おまえが相手にしているのは世界最強の魔法使いなんだ。

──自動魔法【反射魔壁】。

フェンリルの突進攻撃を受ける前に、自動で全身に魔力の障壁が張り巡らされた。

それによって、俺はダメージを受けずに済んだ。

これは自動魔法【反射魔壁】の効果で、張り巡らされた魔力の障壁がダメージをなくしているのだ。

自動魔法は俺が編み出した魔法で、予《あらかじ》め設定していた条件を満たすと、自動で発動してくれる便利な魔法だ。

【反射魔壁】の発動条件は、自分が攻撃を受けるときだ。

更に、攻撃によるダメージも事前に算出され、それを防ぐだけの強度を持った魔力の障壁が作成される。

だから、よっぽどのことがない限り、俺は不意打ちによるダメージをくらわない。

その代わり、魔力の消費が激しいという欠点はある。

しかし、俺の魔力は文字どおり桁が違う。

使用する魔力量は全体で見るとわずかだ。

それでも俺が普段から魔力を節約しようとするのは、考えなしに使う習慣をつけないためだ。

……まあ前世からの癖だな。

さて、【反射魔壁】はダメージを無にすることはできるが、衝撃を無にすることはできない。

身体へのダメージをなくすための障壁なのだ。

なので、突進をもろにくらった俺は吹き飛ばされてしまった。

身体が何本もの木の幹を貫いていくが、【反射魔壁】によってダメージはゼロだ。

重力魔法を応用して、身体を大きく一回転。

そして、勢いを殺してから木の幹に着地。

『――ふむ、無傷か。やはりお主相手は一筋縄ではいかないようだな』

着地したかと思えば、目の前には既にフェンリルがいた。

『流石フェンリル。移動は速いな』

『お主、あまり調子に乗るなよ。勢い余って殺してしまうぞ』

『そのつもりで構わないよ。そうじゃないと負けを認めないかもしれないだろ？』

『クックック……面白い。ならば死んでから後悔するのだな』

突如として、俺を中心に竜巻が発生した。

大きな竜巻で、木を切り裂きながら、規模はどんどん大きくなっていく。

森の主が森を破壊するとはな……。

竜巻の中でも俺は魔力の障壁が張られているおかげでダメージはない。

しかし、このような戦い方は本来の俺とは大きくかけ離れている。

簡単に言えば、受け身すぎるのだ。

でも、実力の差を見せつけるにはこれぐらい攻撃をもらうほうがちょうどいいのかもしれない。

見下しているつもりはないけどね。

これは俺にとって戦いというよりも説得という意味合いのほうが強いから。
あまり長引かせると、森がとんでもないことになりそうだ。
そろそろ終わりにしようか。
竜巻の外からフェンリルが飛びかかってきた。
フェンリルは風を纏《まと》い、竜巻の影響を何一つ受けていないようだった。
進行方向から推測すると、フェンリルは俺の喉元を嚙みちぎるのが狙いのようだ。
フェンリルは本気も本気みたいだな。
一撃で戦いを決めようとしてきた。
このスピードでは詠唱が間に合わない。
無詠唱で魔法を使用する。
――【虚空】。
【虚空】は空間に発生した魔法と逆の効果を発揮する魔法だ。
つまり、魔法を打ち消す役割がある。
魔法には攻撃魔法、防御魔法、回復魔法……と様々な種類が存在する。
明らかになっている魔法の種類、すべてを扱えるからこそできる芸当だ。
【虚空】により、竜巻が消えた。
あとはフェンリルをなんとかするだけだ。

右手を前にかざす。

そして、魔法を発動する。

――【静止の波動】。

フェンリルの毛が逆立ち、宙に浮いたまま動きが止まった。

『……恐ろしい男だ。我が本気で挑んでもなお、底が見えぬとはな』

『これで俺が勝ったってことにするのはどう？』

『それでよい。これからはお主がこの森の主だ』

『森の主はこれまでどおりフェンリルがやってくれないかな。俺がしたいことは、森の魔物に開拓や農作業を手伝ってもらうことぐらいだから。もちろんひどいこととかはさせるつもりはないしさ』

『それならそうと先に言わんかいっ！』

『た、確かに……説明が足りていなかったような気もするなぁ』

でも、これで一件落着かな。

『まぁよい。それでお主はこれから何をするつもりだ？』

『森のすべての魔物に二つ名を与えようかなって』

『二つ名か。我も二つ名を授かった魔物と戦ったことはあるが、確かに強かったな』

『へぇ～、流石長生きしてるね』

『何を言っておる。お主のやろうとしていることがどれだけ規格外か、分かっておるのか？』

『あはは……。でもできることは惜しみなく実践していきたいからさ』
そのために俺は一度目の人生を捧《ささ》げたのだから。
自重していては本末転倒だ。
『そうか、分かった。では我についてくるがよい』
そう言って、フェンリルは駆け出した。
……って、はやっ！
もうフェンリルが見えなくなってしまった。
俺も急いでフェンリルを追いかけよう。
「【エアジェット】」
風魔法を使った移動手段だ。
魔法の出力を操作することで速さを変えることができる。
そして追いついた場所は、フェンリルが先ほどいた洞窟だった。
『おかえり～』
フェンリルの息子が俺を出迎えてくれた。
『うん、ただいま』
モフモフの頭を撫でてやると、目を細めて喜んだ。
『どっちが勝ったの～？』

『アルマだ』

フェンリルからお主以外で呼ばれたのは初めてだったので、少し驚いた。

『うわぁ～！　おかーさんに勝ったんだ！　やっぱりアルマはすげえやっ！』

『ははっ、ありがとな～！』

そう言って、俺はモフモフを堪能《たんのう》する。

てか、このフェンリルお母さんだったんだ。

話し方的にお父さんかと思っていたよ。

お父さんフェンリルの気配は周辺にはない。

家庭事情のことは聞くべきじゃなさそうだ。

『さて、それではアルマの要望どおり、この森の魔物すべてに二つ名を与えさせてやろう。今から魔物たちをここに呼ぶ』

『おお！　それはありがたい！　１匹ずつ探す手間が省けた』

『うむ。では、今から呼ぶぞ』

ワオォォ――――――――――――――――――ン！

フェンリルの遠吠《とおぼ》えが森中に響き渡った。

かなり大きな遠吠えだ。

フランドル領にも聞こえているのではないだろうか。

遠吠えが鳴りやみ、静寂が訪れたと思ったのも束《つか》の間《ま》。

ドドドドドドド……！　と、いくつもの足音が聞こえてきた。

じ、地面が揺れている。

魔法で周囲の状況を探ってみると、凄い数の魔物がこちらに近づいてきているのが分かった。

そして、あまり時間が経たないうちに森に住む魔物すべてがここに集まった。

『凄い……。遠吠え一つでこれだけの魔物を動かせるなんて……。流石フェンリルだね』

『ふん、これから更に凄いことをするお主に褒められてもあまり嬉しくないぞ』

『おかーさん、嫉妬しちゃダメだよ！』

『むっ、そんなことはないぞ』

『まぁまぁとにかく、フェンリルのおかげで魔物に二つ名を付与できるよ。ありがとう。みんな付与し終わったら、フェンリルたちにも二つ名を付与してもいいかな？』

『それでお主の従魔になるというわけか』

『そういうことにはなるけど、別に強制とかするつもりはないから安心してよ』

『ふっ、おかしな奴《やつ》だ。既にお主の配下になっておるというのに。しかし、二つ名というのをもらうのもこれまた一興だな』

『われも二つ名もらうぞ！』

『ありがとう。フェンリルたちにはとびっきりの二つ名を付与するよ』

『おー！　それは楽しみだぞ！』

フェンリルの息子は喜んでいるようだった。

『よし、それじゃあ早速魔物たちに二つ名をつけていこうか』

集まった魔物たちを見ていく。

魔法で数をかぞえると、３００匹いるようだ。

次に、どんな種類の魔物がいるのかを見てみる。

既にフランドル領地で従魔になったウルフにボアはもちろん、その他にもスライム、ゴブリン、コボルト、ビッグラビット、ナイトバード、といった魔物が見られた。

この中でも一際強いのがアウルベアだ。

アウルベアはフクロウの頭にクマの身体を持つ魔物だ。

周りの魔物よりも大きいから目立つ。

なので、アウルベアは全部で4匹いるのがすぐに分かった。

フェンリルが来るまでの森の主はもしかしたらコイツらだったのかもしれない。

アウルベアには《賢い魔物》よりも少し良い二つ名を与えてみようかな。

『しかし、これだけの魔物に1匹ずつ二つ名を付与していくのは大変そうだな』

『大丈夫。魔法の多重詠唱は得意だから』

俺はそう言って、フェンリルに微笑《ほほえ》んだ。

フェンリルは、

『やれやれ』

と、呆《あき》れた表情で首を横に振った。

さて、一気に二つ名を付与していこう。

先ほど言った多重詠唱の使い方は二通りある。

一つは、今からやるように一種類の魔法を瞬時に何度も発動させる使い方。

そしてもう一つは、二種類以上の魔法を同時に発動させる使い方がある。

俺はもちろん前者で、一度に50回まで多重詠唱をすることができる。

なので、フェンリル親子とアウルベアを除いた294匹は6回の詠唱で二つ名をつけ終わる。

「【付与『二つ名』――《賢い魔物》】」

一度の多重詠唱で50匹に二つ名を付与する。

『お主……魔法を一度に多く使ったことで魔力が外部に漏れておるぞ……。それ以上、魔力が漏れるようなら魔物たちが逃げ出してしまう』

フェンリルに言われて俺はハッ、とした。

集まってくれた魔物たちを見てみると、怯えた様子をしていた。

『ありがとうフェンリル……。自分だとあまり気づいていなかったよ。次は魔力が漏れないように気をつけるよ』

『うむ。そうしてくれ』

フェンリルにお叱りを受けたところで、今度こそは魔力が漏れないようにしないと。

外部に漏れている理由は、魔法を瞬時に複数回使うことによって魔力操作が雑になっていたことが考えられる。

久しぶりに多重詠唱を使ったから、あんまり上手くできなかったな。

だが、感覚は既に取り戻した。

これだけの修正ならすぐに可能だ。

「【付与『二つ名』――《賢い魔物》】」

また同じように50匹の魔物に二つ名を付与する。

魔物たちの様子を見てみると、段々と落ち着きを取り戻しているようだった。

『今度は大丈夫だ。外部に漏れていない』

フェンリルからのお墨付きも頂いた。

よし、残りもサクッと終わらせて――っと。

『ふぅ、次はアウルベアだな』

『お主……よくあれだけの魔力を使って枯渇しないな』

『あーうん。魔力はかなり多いほうだから枯渇することは滅多にないね』

魔法を使い始めた頃とかは無茶して、魔力が枯渇したりすることはあったけど、何十年も経つと枯渇することもなくなった。
魔力のステータス値だけが上昇するようにしたから当たり前なんだけどね。
『ははは！　おかーさんが驚いておるぞー！』
『別に驚いてなどおらぬぞ』
フェンリル親子は楽しそうだ。
俺も楽しい気分になってくるな。
それでアウルベアの二つ名だが、どうしようか。
まずはステータスを【鑑定】させてもらおう。

［名　前］　アウルベア
［レベル］　35
［魔　力］　250
［攻撃力］　400
［防御力］　380
［持久力］　250
［俊敏力］　300

二つ名を付与した魔物よりも既に強い。
一番高いステータスは攻撃力か。
逆に低いステータスは、魔力と持久力だが、目立って低いということでもない。
全体的にバランスの良いステータスだな。
じゃあステータスの中でも高い攻撃力を伸ばすのが良いだろう。
長所を伸ばして、アウルベアの役割を確立させてやればいい。
「【付与『二つ名』――《力自慢》】」
《力自慢》は攻撃力を５００上昇させる二つ名だ。
そして《賢い魔物》を授かったアウルベアの攻撃力は９００と、なかなかの数字だな。
《力自慢》と同様に賢さも上昇するので、人間の言葉を理解できるようになる。
４匹のアウルベアは力が湧き上がってきたのか、両腕を上げた。
うんうん、喜んでくれたようでなによりだ。
『それじゃあ最後にフェンリル親子だな』
『一つ我から頼みがある。我らに二つ名だけでなく、名前もつけてほしい』
『名前！　流石おかーさん！　分かっておるな！』
『名前かぁ……。うーん、ネーミングセンスとかないから俺がつけるのはなぁ……』
『我らは気にせん。お主から名前をつけてほしいのだ』

『そうそう！』

『うーん、分かったよ。じゃあフェンリルのお母さんはフェンリルの息子はフェルってな感じでどうだ？』

『フェルナートか。うむ、悪くないではないか』

『われのフェルもよいではないかー！　ネーミングセンスがないとか嘘《うそ》つかなくてもいいよアルマ！』

……なんか思っていたより気に入ってくれたようでホッとした。

『気に入ってくれて嬉しいよ。それじゃあ二つ名を付与していこうか』

二つ名のほうは既に考えて、作成してある。

実は、二つ名は俺が考え、作成したものなのだ。

授ける二つ名の能力によって、消費する魔力の量が変わるようになっている。

二つ名も気に入ってもらえるといいな。

「【付与『二つ名』――《偉大なる巨狼《きょろう》》】」

フェルナートには、フェンリルという魔物に相応《ふさわ》しい立派な二つ名を付与した。

この《偉大なる巨狼》の能力はステータスを2倍にする、というものだ。

［　名　前　］《偉大なる巨狼》フェルナート

［レベル］　１０５０
［魔　力］　９０００
［攻撃力］　１０５２０
［防御力］　５６４０
［持久力］　９１２０
［俊敏力］　１２２００

ステータスが非常に高いフェルナートにちょうどいい能力だ。

見違えるほどのステータスになった。

今のフェルナートならもう少し俺と良い勝負ができるだろう。

……って、あれ？

名前もフェンリルじゃなくてフェルナートに変わっている。

へぇ、そういうこともできるんだなー。

『ふっ、《偉大なる巨狼》か。これまた大層な二つ名をつけてくれたな。それに能力もかなり上がってきたように思える』

『フェルナートに相応しいものをつけてあげないと怒るかなーと思ってさ』

『そんなことぐらいで怒りはせん』

『おかーさん、よく怒るくせに』

『息子よ、黙らないと本当に怒るぞ』

『怖いぞ、おかーさん！』

『あまりお母さんを怒らせるなよ。後が怖いからな』

『う、うむ。そうなのである……』

ガクガクブルブル。

フェルは恐怖で震えていた。

怖かった記憶でも思い出したのだろうか。

まあ、そんなことよりも早く最後の二つ名を付与してしまおう。

「【付与『二つ名』――《天武の才》】」

《天武の才》はレベルアップ時のステータス上昇効果を2倍にする、というものだ。

二つ名は後で変更することもできるため、レベルが低くても既にある程度強いフェルにぴったりだ。

［名　前］《天武の才》フェル
［レベル］１
［魔　力］１５０

［攻撃力］　150
［防御力］　150
［持久力］　150
［俊敏力］　150

フェルのステータスを見てみると、レベル1なのにかなり強い。
この愛くるしい見た目からは想像もできない強さだな。
だからこそ、これからの成長が楽しみだ。
『《天武の才》ってカッコいいぞ！　ありがとうアルマ！』
『ははは、これから頑張ってお母さんみたいに強くなってね』
『ふははは、もちろんだ！』
よしよし、これで魔物の二つ名の付与は終わったな。
そう思ったとき、俺はふらっ、とよろけてしまった。
……あ、あれ？
目眩《めまい》がする。
これは魔力が枯渇したときの症状だ。
魔力を回復せずにこんなに魔法を使うべきじゃなかったな。

平和ボケして気が抜けていたか……。

そして俺の視界は暗くなり、意識を失った。

◇

目が覚めると、ベッドの上だった。

「あ、起きた」

ルナがベッドの横の椅子に座っていた。

「ルナ……なんで俺はベッドの上で寝てるの？」

「前に会ったフェンリルが領地まで運んできてくれて、そこからはラウルがここまで運んでくれた」

「フェルナートとラウルが運んでくれたのか……」

「フェルナート……？」

「俺がつけたフェンリルの名前だよ。領民のみんなは驚いていなかった？」

「すごく驚いていた」

「だよな……」

フェンリルが領地にやってきたら驚くに決まっている。

俺は以前、オスカルさんにフェンリルと会ったことを話したのを思い出した。

本当だと信じていなかったことから、領民たちにとってフェンリルという存在は信じようにも信じられない存在なのだ。

「大丈夫？」

領民たちのことを考えていると、ルナが心配そうに俺の顔を覗《のぞ》き込《こ》んだ。

目が合って、なんだか恥ずかしくなった。

ルナの顔をこれだけ間近で見たのは初めてだった。

まつ毛が長くて、瞳が大きい。

「ああ、大丈夫。ちょっと魔力が枯渇気味になっただけだよ。それで意識を失っちゃったんだ」

「……全然大丈夫じゃない」

「もう全快したから平気だよ」

「ううん、アルマは最近働きすぎている。安静にしていて」

「大丈夫だって、心配しすぎだよ」

ベッドから起き上がろうとすると、ルナは俺の前に腕を伸ばして、制止した。

「ダメ」

ルナは一歩も譲らない様子だった。

そんなに働いているだろうか。

前世では一ヵ月魔法を酷使して戦ったりしていたから、あんまり働きすぎているようには思えない。

たぶんこの感覚がおかしいだけだろう。

それにしても魔力が枯渇して倒れるとは恥ずかしい限りだな。

前世の俺が知ったら悲しみそうだ。

「……大丈夫だってことをどうしたら信じてくれるんだ?」

「大丈夫かどうかの問題じゃない。アルマに休んでもらいたいからこうしているだけ」

「気を遣ってくれるのは嬉しいんだけど、ここでジッとしているのも退屈だよ」

「まだ運ばれてきてから2時間しか経っていない。もう魔力が回復しているなんてありえない」

「へぇ〜、やっぱりルナは魔法について詳しいんだね」

魔力が枯渇状態から回復するまで普通は約1日かかる。

魔力の自然回復の速度は1時間に全体の5%ほどだ。

わずかずつしか魔力は回復していかないため、どうしても時間がかかってしまうのだ。

「魔力が枯渇したなら今やっと少し楽になってきた程度のはず。まだ寝ているべき」

「大丈夫。俺の魔力の回復速度は10倍だから」

「えっ?」

「回復を速めるために俺は仮想的に自分の魔力量を10倍にしているんだ」

「どういうこと……?」

「魔力が回復する仕組みは変えられないから、総量を増やしているように見せかけているんだ。だからもう魔力は全快だよ」

「そんなことってできるの？」

「できるよ。【アイテムボックス】の原理と似ているね。難しいわりに魔力が回復する速度ぐらいしか恩恵が得られないけどな」

「相変わらずめちゃくちゃなことしてる」

「だから俺とルナだけの秘密にしておいてくれると助かる」

まあどっちみち、みんな理解すること自体難しいだろうな。

「うん。分かった。私たちだけの秘密」

「ああ」

そう言って微笑むルナに俺は内心、少し照れていた。

ルナは、俺が本当になんの異常もないことを分かってくれたので、一緒に屋敷の外へ出ることになった。

高台から領地を見渡して、ある異変に気づいた。

ま、魔物が野菜の収穫を手伝っている⁉

先ほど二つ名を付与した魔物たちのようだが、なぜこんなことに……？

俺が意識を失っていた2時間で一体何があったんだ。

「あ、あれ？　魔物が野菜の収穫を手伝ってないか？」

「そういえば、フェンリルと一緒にたくさんの魔物が付いてきていた。みんな大人しくて賢かったから、お父さんがせっかくなら手伝ってもらおうって」

「エリックさんもなかなか大胆なことをするなぁ……」

「それだけアルマが信用されてきたってことじゃない？」

「だと嬉しいけどな」

「きっとそうだよ」

ルナは優しく微笑んだ。

その笑顔を見て、俺は一瞬胸が高鳴ったように感じた。

◇

アルマが目を覚ます2時間ほど前のことだ。

森の方から魔物がやってくるのを見張り役が確認し、すぐさま領民たちに知らせた。

領民たちは武器を取り、魔物の襲撃に備えたが、目の当たりにしたのは気を失ったアルマを背負ったフェンリルのフェルナートだった。

「フェンリルだあああぁぁぁ!?」

「で、でも見ろよ！　あのフェンリル背中にアルマさんを乗せているぞ！」

領民たちはフェルナートを目の当たりにした恐怖で震えながら、武器を構える。

錆《さ》びた鉄の剣、石の槍《やり》、そして開拓作業や農作業で使われる道具。

フェンリルを相手にするにはあまりにも貧弱すぎる武器だった。

「フェ、フェンリル……⁉　もしやアルマさんが言っていた話は本当だったのですか……⁉」

オスカルは以前アルマが話していたことを思い出していた。

アルマは冗談のように話しており、オスカル自身もありえない話だと決め付けていた。

まさか本当だったとは……と、オスカルは驚愕《きょうがく》を隠せなかった。

「アルマくん……！」

領主であるエリックはこの事態にいち早く駆けつけた。

畑から走ってきたため、ハァハァと息を切らしていた。

「みんな、武器をおろして」

言葉を発したのはルナだった。

ルナはゆっくりとフェルナートに向かって歩いていく。

「ま、待て！　相手はあのフェンリルだ！　近づくのは危険だ！」

エリックはルナの肩を摑《つか》んで止めた。

娘に何かがあってからでは遅いと思ってのことだった。

「大丈夫。私はこのフェンリルと会ったことがあるから」

「なに……？」

驚いたのはエリックだけではなく、その場に居合わせた領民たちも驚きを隠せなかった。

「安心して。ね？」

「う、うーん……。分かったよ……」

少し納得がいかないエリックだったが、ルナの肩から手を離した。

どちらにしろフェルナートがこちらを襲ってくれれば、みんな助からない。

頭では分かっていたが、大事な娘をフェンリルのもとへ近づけさせるのは父親として抵抗があったのだ。

ルナは平然と恐れることなくフェルナートのもとへ近づいた。

フェルナートは屈《かが》んでアルマを優しくおろし、ルナはそれを受け止めた。

アルマの顔色は青くなっていて、ルナはこの症状に見覚えがあった。

「魔力が枯渇している……アルマが無茶して魔法を使ったの？」

問いかけにフェルナートは首を縦に振ってみせた。

「そう。アルマを運んできてくれてありがとう」

ルナは礼を言うと、フェンリルの後ろからこちらに近づいてきている魔物たちに気づいた。

「……やはり襲ってこないのだな」

勇気を振り絞って、エリックは娘とフェンリルのもとへ近づいていった。

「うん。きっと、フェンリルたちもアルマを心配してくれたみたい」

「……たち？　なっ！　まだ魔物がやってきているじゃないか！」

「お父さん、アルマが魔力が枯渇するまで魔法を使った経緯を考えてみて。アルマは既に魔物たちを手懐けているわ」

「……確かにその可能性は高いと思うが、僕は領主として領民たちの安全を無視するような思い切った判断をすることはできない」

「……なぁ、邪魔するようで申し訳ないんだけどさ、一つ提案してもいいか？」

領民たちと一緒に静かにしていたラウルは手をあげて発言した。

「提案？　話してもらえるかい？」

「そこにいるフェンリル……さん……は森の主なはずだから、あの後ろの魔物たちを森に帰すこともできるんじゃないか？　既にアルマがあの魔物たちに二つ名を付与してあるなら野菜の収穫を手伝ってもらいたい数だけこっちに残してもらえばいいと思うんだ。もうウルフとボアは収穫を手伝っているわけだし」

「ガウッ！」

「ボアッ！」

ラウルの言葉にウルフとボアは返事をするように鳴き声をあげた。

「そんなことが本当にできるのかい……？　できるなら10匹ほどこちらに残してもらえると助かるけど……」

エリックは恐る恐るフェンリルの様子を窺った。

フェルナートは『やれやれ』といった様子で後ろの魔物集団に合流し、森へ帰っていった。

フェルナートが去った後、魔物の大半は森に戻っていったが、残った10匹はこちらに向かってやってきた。

「すげえ！　魔物がこっちにやってくるぞ！」

「マジかよ！　アルマさん凄すぎるだろ！」

「若いのによくやるよなぁ本当」

一部始終を見ていた領民たちは歓声をあげた。

魔物たちの反応だけでなく、フェルナートが無事に去ってくれたことも大きかった。

それだけフェルナートが発する威圧感は尋常じゃなかったのだ。

「はぁ～～～～っ！　よかった～～～～っ！」

エリックもどさっとその場で座り込み、ほっと一息ついた。

「お父さんだらしない」

「いやいや、エリックさんの反応は普通だから！　こうなるのが普通だから！　ビビらずに近づけるルナが凄いだけだからな？」

ラウルは一度フェルナートに会ったことはあるものの、恐怖で動くことはできなかった。

フェルナートに近づくルナを見て、ラウルは負けていられないと思ったからこそ、あの場で発言することができたのである。

「そんなことない。本当に凄いのはアルマだから」

「大丈夫だ。おまえも十分に凄い。って、そんなこと言ってる場合じゃないよな。早くアルマを運んでやろう。ほら、俺が担いでやるよ」

「うん。分かった」

ルナはアルマをラウルの背に乗せた。

「運ぶのはアルマの部屋でいいよな？」

「いいと思う」

「よし、それじゃあいくか」

ラウルは屋敷に向かって、意識のないアルマを運んでいく。

ルナもそれに付いていき、残されたエリックは自分の不甲斐《ふがい》なさを痛感していた。

領主として情けない。

エリックはパチン、と両手で自分の顔を叩いて気合を入れた。

「我々もまだ若者たちには負けていられません。アルマくんの頑張りを無駄にすることなく、僕たちも精一杯頑張りましょう！　引き続き、今日の作業を皆さんよろしくお願いします！」

エリックの呼びかけに領民たちは応えて、一層各々の仕事に励むのだった。

アルマの気絶は自身のうっかりミスのようなものだったが、思わぬ形で領民たちのやる気に火がついた。

◇

俺はルナと一緒に領民たちのもとへ向かった。

ルナは俺を心配している様子だ。

気を遣ってほしくなかったので、一人でも大丈夫だとルナに伝えるが、

「万が一また倒れたときのために私がついてる」

と言って許してくれない。

「私と一緒に行くのは嫌？」

「嫌じゃないよ」

「そう」

「どちらかと言えば嬉しいぐらいだよ」

「……そうなんだ」

「ああ」

畑に向かう。

魔物に二つ名をつける作業が終わったので、野菜の収穫を手伝おう。

「お、アルマさん。もう元気になったのか？」

畑に行く途中、大工のイグナスさんと会った。

「もうすっかり元気ですよ」

「ほんとか……？　ま、まぁそれなら別に構わねえんだけどよ、あんまり無理しすぎんなよ」

「はい。お気遣いありがとうございます」

それから畑にたどり着いて、収穫中の人たちに、手伝いますよーと声をかけてみた。

「アルマさんは働きすぎだよ。さっき倒れたんだから今は休んどけばいいから」

「は、はぁ、そうですかね……？」

……なんだかみんな気を遣ってくれている感じがする。

「みんな、アルマのことを心配してる」

「うーん、全然大丈夫なのになぁ……」

「今は大丈夫かもしれないけど、いつかは手が回らなくなると思う」

……一理あるかもしれない、と俺は思ってしまった。

前世の記憶で思い当たる節が一つあったのだ。

それは、身体を酷使しすぎて危うく死にかけた思い出だ。

四六時中寝ずに魔物を狩り続けていたのだ。

戦いにおいて必要なのは、経験と能力だ。

魔物を倒すことでその二つを効率よく高めることができた。

ドロップアイテムとかも豪華だったので、良い遺産になると思って【アイテムボックス】に入れまくっていた。

そのおかげで今、かなり助かっているのだが、流石に休憩せずに戦い続けるのは無理があった。

肉体的疲労は魔法で治せたが、精神的疲労まではなんともできなかった。

そのせいで魔物に隙をつかれ、死にかけたのだ。

休養に時間をかけてしまったので、それ以降は限界を超えないように調整していた記憶がある。

だから、ルナの一言は昔の俺がどうなったのか、を言い当てたことになる。

「……確かにそうかもしれない」

「うん。だからアルマはもう少し誰かを頼って」

俺はルナにハッ、と気づかされた。

「誰かを頼る……」

今まで俺は一人で生きてきた。

一人で世界最強にまでたどり着いたし、今世も記憶を取り戻すまでどこか孤独感を覚えながら生活をしていた。

「アルマは一人じゃないんだから」

「一人じゃない……。うん、そうだな」

「だからみんなを頼って。一人で頑張りすぎないで」

「……ああ、分かったよ」

誰かを頼って、か。

思い返せば、確かに一人で頑張ろうとしていた。

実家を見返そうと躍起になっていたのかもしれない。

「みんな、今もアルマのために頑張ってくれているから」

「俺のためか……」

俺のために頑張ってくれているのは正直とても嬉しい。

しかし同時にどこか申し訳ない気持ちになった。

……果たして俺はみんなのために頑張っていたのだろうか。

もしかすると、自分のために頑張っていたかもしれない。

自分のために、この領地を利用しようとしていた。

目的を見失っているな。

俺はなんのために実家を見返そうとしているんだ？

幸せになりたいからだろう？

実家を見返すためだけに頑張って、偉くなったとしよう。

それで実家を見返せたとしても幸せなのか？

……違うような気がした。

「アルマがみんなのために頑張ってくれたように、みんなもアルマのために頑張るのは当たり前のこと」

「でも俺はみんなのために頑張っていたつもりはないんだ」

「アルマが自分のためだと思っていても、アルマ以外の人はそう思っていないわ。だからそれでいいの」

「……はは、そっか。みんなのためかぁ」

漠然とだけど、幸せってものがどんなものなのかちょっと分かった気がする。

幸せって、一人じゃ手に入れることはできない。

だから一人で頑張っているだけではダメなんだと思う。

「だから今度はみんなが頑張る番だよ。アルマは休んでいて」

「ああ、分かった。でも一人じゃ暇だからルナが付き合ってよ」

「うん。じゃあついでに魔法を教えてほしい」

「……あれ？　休んでって言ってなかった？」

「休みながら魔法を教えれば一石二鳥」

「……それって休めてる？」

「休めてるに違いない」

良いことを言っていると思ったけれど、結局魔法に行きついてしまった。

ルナらしいなと思いながら俺は笑った。

◇

そして、１週間が過ぎた。

この１週間で領地は大きく変わった。

まず、食糧が充実したことだ。

魔物が人を全く襲わないことをみんな理解したので、積極的に魔物たちを働かせている。

ただ、俺が使役していない魔物だと襲われてしまうので、それを区別するための目印が必要だった。

そこで俺は魔物全員に首輪を作った。

赤い首輪で、これをつけている魔物は安全だという目印になる。

首輪をつけた魔物たちは基本的に森で暮らしてもらっている。

お腹が空《す》いたらこの村に来てもらうことにしたのだ。

この村で収穫した野菜を提供する代わりに、その分はちゃんと働いてもらうというわけだ。

そのため建てる施設は牧場ではなく、厩舎《きゅうしゃ》となった。

領地には何人か大工さんがいるので、エリックさんがその人たちに作ってくれるよう頼んだら、喜んで引き受けてくれたらしい。

「アルマくんの頑張りに報いたいんだよ」

と、エリックさんは言っていた。

そんなに頑張ってはいないんだけど、そう思ってくれているなら俺としても喜ばしいことだった。

それから、この1週間はよくルナに魔法を教えていた。

ルナに魔法を教えている時間は俺の中で楽しいひとときだった。

物覚えが良く、魔法への興味が尽きないルナに自分の持つ知識を教えるのはとても面白い。

【アイテムボックス】も既にルナは会得している。

センスが良いからすぐに覚えるとは思っていたけど、それにしても驚異的な成長速度だ。

他にも魔法を色々教えているが、ルナはすぐに吸収してしまう。

上達が速い分、色々な疑問が生まれるようで俺は一つ一つ丁寧に答えた。

そうしていると、なんだか弟子ができたみたいだった。

師匠というのは柄じゃないけど、ルナが理解しやすいように教えるのは楽しい。

それで俺は一度目の人生も悪くなかったなと思うようになった。

前世ではギフト《転生者》を活《い》かすために強くなることだけしか考えていなかった。

でも、強くなるための手段として魔法を選んだわけだし、俺もルナと同じように魔法に興味を抱いていたのだと思う。

そのことを気づかせてくれたルナには感謝しないとな。

……と、そんなことを振り返りながら俺はベッドから起き上がった。

今日も一日頑張ろう。

第5話　アルマの実力

最近は色々と作業が落ち着いてきたため、朝食は屋敷《やしき》に住むみんなで食べるようになった。

だが、今日はいつもと様子が違った。

エリックさんが真剣な表情で手紙を読んでいた。

「……王都から宮中伯のエドワード卿《きょう》がフランドル領へ視察に来るみたいだ」

「エドワード卿？　どんな方なんですか？」

ラウルは首を傾《かし》げていた。

俺もエドワード卿がどんな人物なのか知らないので、とても気になった。

「宮中伯で国王の側近をしているお方だよ」

「おお……なんか偉そうな人だ……そういえば、エリックさんも貴族なんですよね？」

「うん、いちおうね。爵位は男爵で貴族の中でも低い地位さ」

「貴族ってだけで十分凄《すご》いですから！」

「はは、ありがとう。それで僕が問題視しているのはエドワード卿自体じゃなくてフランドル領の現状だね」

フランドル領の現状か。

なるほど、どうしてエリックさんが難しい顔をしていたのか、納得した。

「魔物……ですか」

俺がそう言うと、エリックさんは首を縦に振った。

「そうなんだよねぇ……。変な誤解されてしまうと反逆罪とかになっちゃうかもしれない。基本的に魔物は駆除するべき対象だからさ……。でも認められさえすれば、何も問題はないんだけど」

「なんとか認めてもらうしかないですね」

「うん。隠しておくのは現実的じゃないし、逆効果だと思う」

「はい、俺もそう思います」

「大丈夫。あの子たち、いい子だから」

ルナは言った。

魔物のことを思い出したのか知らないが、ルナの表情は少し緩んでいた。

それを見たエリックさんは少し落ち着いた様子だった。

「……そうだね。魔物たちはみんないい子だ。きっとエドワード卿も分かってくれるに違いない」

「そうですよ！　お父さんたちは心配しすぎです。それにもしものときはアルマさんがなんとかしてくれますよ。ね？　アルマさんっ」

サーニャはとびきりの笑顔で俺を見た。

め、めちゃくちゃ信頼されている……。

信頼されすぎていて、俺にできないことはないと誤解されているレベルな気がするが、実際のところはなんでもできるわけじゃない。

俺の人生経験は前世を含め、そこまで良《い》いものじゃない。

思い返せば、魔法の訓練ばかりしている人生だ。

フェローズ家にいた頃も魔法貴族と呼ばれているだけあって、魔法の訓練ばかりだった。

なので、貴族と上手《うま》くコミュニケーションを取る術《すべ》を俺は知らない。

もっとも、そういった術があればフェローズ家から追放されることもなかったのかもしれない。

そうなりたかったわけではないが、ふとそんなことを思った。

「そうだなぁ……。魔法でエドワード卿を帰らせないための結界を張ったりすることはできるかな……」

サーニャの期待に応えられるような魔法で一番平和的なのはこれだと思う。

魔法で洗脳したりすることもできなくはないが、もしバレたとき大問題だ。

「流石《さすが》アルマさん！　やろうとしていることの次元が違いますね！」

いやぁ、それほどでも。

「結界……。私もそれできるようになりたい」

ルナは本当に魔法への興味が尽きないな、と俺は感心した。

「結界か……。本当に凄いなアルマくんは。でも、できれば使わないように事を進めたいね」

「そうですよね……。結界を張るってもう相手が逃げようとしているのが前提みたいですし……」

「みんな難しいことを考えるのは後にしましょう。ご飯が冷めちゃうわ」

エリックさんの奥さんであり、ルナとサーニャの母親であるメイベルさんは優しい笑顔でそう言った。

「あはは、そうだね。難しい顔をしていて気を遣わせちゃったかな？　でも、これぐらいのことなら必ずなんとかしてみせるから。よし、じゃあ朝食を食べようか」

エリックさんは言った。

その姿を俺は大変頼もしく思った。

これが領主という存在なのか、と。

俺はエリックさんを心から尊敬した。

そのとき、ぐぅ〜、と誰かのお腹《なか》が鳴った。

「ははは……実は俺、結構お腹が空《す》いてたんですよね〜」

ラウルが後頭部に手を添えながら、照れた様子で言った。

「ラウルさんナイスタイミング！」

サーニャはラウルに向けて親指を立てた。

「それじゃあ早速食べようか——いただきます」

「「「「いただきます！」」」」

◇

エドワード卿のフランドル領視察まで3日。

なにかしらの準備をしておく必要がある。

今回の視察で必要なことは、魔物と共存するフランドル領を認めてもらうことだ。

だから魔物が安全であることを示さなければならない。

ただ、間違いなく護衛がついていることだろう。

もしくはエドワード卿自身が実力者か。

そうでなければエドワード卿の身の安全を確保することができない。

となると、事情を知らないときに魔物が前に現れたらと、問答無用で倒されてしまう危険性があるということだ。

「……魔物には一旦どこかに隠れていてもらおうか」

それでは魔物たちを紹介できないいし、何も解決しないな……。

……うーん、安全であることを分かってもらうには、徐々に慣れていってもらうのが一番か。

色々作戦を決め、俺の考えをエリックさんに伝えると、

「そうだね。その方法が一番かもしれないね」

と、言った。

◇

そして、３日後。

今日、フランドル領にエドワード卿が視察にやってくる。

俺は今、フランドル領から一番近い都市――レトナークに来ていた。

領地からレトナークに移動するには徒歩で２日かかる。

俺はその移動時間を１時間に短縮することができるので、俺がエドワード卿の案内係に抜擢《ばってき》された。

エドワード卿は前日からレトナークに宿泊しているため、宿屋に向かう。

宿屋の前で馬車が待ち構えていた。

「フランドル領まで案内人を務めさせていただくアルマです。こちらはエドワード卿の馬車でよろしかったでしょうか？」

俺は御者にそう尋ねてみた。

すると、馬車の扉が開き、一人の男性が出てきた。

「うむ。私がエドワード卿だ。フランドル領の案内人は君かね？」

小太りで鼻の下に長い髭《ひげ》を生やしていた。

「はい、そうです」

「ふむ、そうか。では乗りたまえ。フランドル領まで案内するがよい」

「よろしくお願いいたします」

俺はそのまま馬車に乗り、フランドル領までの案内をはじめた。

馬車の中にはエドワード卿以外にもう一人男性が乗っていた。

彼が護衛役を務める者だろう。

鑑定してみると、セドリックという名前でステータスはすべての項目が大体２０００ぐらいだった。

なかなかの実力者のようだ。

とりあえず、この人の側からあんまり離れないようにしないとな。

もしウチの魔物が襲われたときは守ってあげないといけないから。

馬車は森に入っていき、何事もなく進んでいく。

「魔物が襲ってこないな」

エドワード卿が呟《つぶや》いた。

「このあたりの魔物は温厚なのが多いですから！」

ここで俺は魔物の安全性をアピールした。

「臆病な魔物が多いのかもしれません」

護衛のセドリックは言った。

低い声だった。

「そうだとしても周囲への警戒は怠るなよ」

「はい。もちろんです」

うーん、効果は薄そうだな……。

やはり徐々に魔物への抵抗感をなくしていくしかなさそうだ。

作戦どおりいくとしよう。

◇

結局、フランドル領に着くまで魔物は現れなかった。

「ふむ。珍しいこともあるもんだ」

「ええ、少し不気味ですね」

エドワード卿とセドリックは不思議そうにしていた。

ここまでは計画どおりだ。

不思議に思ってもらうことで後の説明で説得力が増す。

領内を馬車で移動し、お昼頃、屋敷に馬車が到着する。

「エドワード卿、遠方から遥々《はるばる》フランドル領にお越しいただきありがとうございます」

「うむ。視察であるからな。お主らのおもてなしを期待しておるぞ」

「はい。お任せください」

「まずは食事にしよう。腹が減った」

「承知しました。既にでき上がっています」

「用意周到ではないか。早速、いただくとしよう」

そして、エドワード卿が昼食を食べている最中に作戦は開始する。

作戦の内容はこうだ。

まず、エリックさんがエドワード卿に領内で魔物を活用していることを説明する。

そこで不信感を抱かれるのは避けられない。

だから魔物に、安全であること、命令を忠実に聞くこと、それをアピールするためにパフォーマンスをしてもらう。

この領地で認めてもらったときと一緒だ。

魔物の有用性を理解してもらえれば、領内の仕事を手伝わせていても道理にかなっていると思ってもらえるだろう。

そしてエリックさんが説明をし、一通り内容を聞いたエドワード卿は両腕を組んだ。

「ふん……魔物か。安全性は間違いないのか？　もしものことがあってからでは遅いのではないのか？」

「安全性については、人間でも魔物でも１００％の安全を保証することはできません。互いに信頼しなければ、みんなが手を取り合って仕事をするなんて不可能ですから」

「魔物と人間を一緒にするな。人間には知性や理性がある。魔物にはそれがない。単純な話だ」

「えぇ、では魔物に知性がないのかご覧になってもらいましょう」

エリックさんがそう言うと、５匹のスライムを連れたサーニャがやってきた。

「スライムさん、食べた食器を片付けて！」

サーニャがスライムに指示を出すと、ぷよぷよと身体《からだ》を動かし始めた。

５匹のスライムは互いに乗り合い、机の上の食器を運んでいった。

「どうでしょう？　他の魔物もこのスライムと同じレベルで指示を聞いてくれます。人間の言葉を完全に理解しているのです」

「確かに凄いが、訓練をすればある程度のことはできるようになる。だが、それは専門家がいる場合だけの話に決まっておろう。これだけでは到底、安全だと判断することはできんなぁ」

ごもっともな意見だった。

「それでは後ほど、実際に魔物と一緒に作業をしている様子をご覧になってもらいましょうか」

「先ほど領内を見たときは魔物などいなかったと思うが？」

「エドワード卿が驚かれると思ったので、一度説明するまでは魔物抜きで作業させてもらっていたんです」

「なるほどな。魔物と作業をしているというのは個人的には興味深いことである。しかし、何か問題を起こしたらその魔物共は全員このセドリックに討伐されると思いたまえ」

エドワード卿はセドリックの肩にぽん、と手を置いた。

「任せてください。そのときは全員仕留めてみせましょう」

使役した魔物たちが人間を襲うことはないから大丈夫だ。

心配があるとすれば、使役していない魔物が現れて危害を加えることだ。

だが、使役した魔物には首輪がつけてあるので間違えることはなさそうだと思っている。

◇

エドワード卿に魔物に関する説明をした後にラウルが領内を駆け、厩舎《きゅうしゃ》に向かった。

本日手伝ってもらう予定の15匹の魔物たちには厩舎に隠れてもらっていたのだ。

本当は手伝ってもらう魔物の数も多くしたいところなのだが、魔物の運用はフランドル領でもまだ実験的に始めている段階のため、これ以上は完全に管理できない。

問題が起こらないと領民たちにも作業していく中で判断してもらってから、少しずつ手伝ってもらう魔物の数を増やしていく予定だ。

そして、厩舎に隠れていた魔物たちは各々の現場に向かい、作業を開始した。

「それでは農作業を手伝う魔物からご覧になっていただきましょうか」

エリックさんは言った。

領地の案内はエリックさんが務める。

いちおう俺も万が一のときのために付き添うことになっている。

「うむ。よろしく頼むぞ」

屋敷を出て畑に向かうと、人と魔物がせっせと農作物の収穫に励んでいた。

目の前の畑ではコボルトがニンジンの収穫をしていた。

「本当に魔物が働いておるな。収穫している作物を食べたりはしないのか？」

「ええ。労働後にちゃんと餌を与えているので、労働中はつまみ食いをしないでくれていますね」

「ふむ……賢いな……む？　この時期はニンジンを収穫する時期ではないと思うのだが」

本来、ニンジンはもう少し後の時期に収穫する。

だが、畑の品質を無理矢理上げたため、３日で収穫できるようになっているのだ。

「よくご存じですね。しかし、我が領地では３日で収穫できるほど生長速度が速いのです」

「３日だと⁉　それはもう速いなんてレベルではないだろう！　異常だ異常！」

「収穫したニンジンを食べてみますか？　美味《おい》しいですよ」

「……君、食べてみなさい」

エドワード卿は俺に向かってそう言った。

……これは毒味役ということかな？

まぁ別に構わないんだけども。

「分かりました」

収穫したニンジンを洗い、カプッとひとかじりする。

シャキシャキとした食感で味も美味《うま》い。

「どうだ？」

エドワード卿が俺に尋ねた。

「美味しいです」

「そうか。ではそれをよこしなさい」

「どうぞ」

エドワード卿はニンジンを受けとると、側面にかぶりついた。

俺は先端にかぶりついたため、食べた部分は被《かぶ》っていない。

シャキシャキ！

「ふむ……確かにこれは美味いな」

「ありがとうございます！」

「……さて、それでは他の作業現場も見せてもらおうか。他の野菜も味見せねばならんからな。ハッハッハ！」

上機嫌になったエドワード卿は豪快に笑った。

そして、上機嫌のままエドワード卿は領内を視察してくれたのだった。

◇

その晩、エドワード卿と護衛のセドリックは屋敷の客室に泊まっていった。

そして翌日、エドワード卿からフランドル領の評価が下された。

「フランドル領は実にいい領地だ。畑の作物については他の領地でも栽培するようにさせてもらおう。魔物についても現状では問題がないと判断しよう。今後、問題が浮上した際には直ちに魔物の討伐を要請するように。評価は以上だ」

……なんとか無事に魔物について問題にならずに済んだな。

これで一安心だ。

「しかし、魔物は一体誰が用意したのだ？　このような取り組みを領主自らが行うとは到底思えないのだが」

「そのとおりです。魔物に関する仕事を全部引き受けてくれたのは、先日フランドル領までの案内役を務めたアルマですね」

　エリックさんはそう言った。

「ほう。君がこの魔物たちを用意したのか」

「ええ、そうですね」

「どうやったのだ？」

「フランドル領に来るまでの道中に大きな森があったのを覚えていらっしゃいますか？」

「ああ、もちろんだ」

「その森に住む魔物をすべて使役したんです」

「……そんなことができるのか？」

　エドワード卿はセドリックの方を向いた。

「分かりません……。ただ、そのようなことができるのならばかなりの実力者なのではないでしょうか？」

「ふむ、どうなのだ？」

　様子を窺うようにエドワード卿は俺に問う。

「ある程度の実力はあると思いますよ」

「では試させてもらってもいいですか？」

　セドリックが言った。

「ふむ、セドリックよ。試すとは模擬戦でも行うということか？」

「ええ。そのとおりです」

「それは面白そうだ。アルマよ、この模擬戦受けてくれるか？」

「大丈夫ですよ。模擬戦で実力を見せれば、今後領地で魔物と共存していくことを正式に認めてくれますか？」

「それは今後次第だ。模擬戦の結果がどうであれ、アルマには一度陛下と謁見してもらおうと思っておる。この模擬戦で実力を見せれば、多少は結果が左右されるかもしれないがな」

国王様と謁見か……。

やはり魔物と共存していくというのは、国王様に認めてもらわなければ難しいとエドワード卿も判断しているのだろう。

「分かりました。それでは、模擬戦をやりましょうか」

「場所は屋敷の庭を使ってもらうといいかな。ある程度広いから戦いに支障は出ないはずです」

エリックさんはそう言い、模擬戦はこの屋敷の庭で行うことになった。

◇

屋敷の庭には俺たちだけでなく、ラウル、ルナ、サーニャ、メイベルさんの姿も見られた。

少し心配そうに見守っていた。

模擬戦ということなので、木剣がエリックさんから渡された。

試しに振ってみると、結構軽くて扱いやすそうだった。

これなら万が一攻撃が当たっても致命傷にはならないだろう。

剣術はあまり得意ではないのだが、使えないこともない。

たぶんなんとかなるはずだ。

それに……これは物凄く失礼な言い方になるのだが、セドリック相手に本気で魔法を使う必要はあまり感じられない。

「アルマくんは腕に少し自信があるようだが、もしかして私に勝てるとでも思っているのかな？」

屋敷の庭で向かい合わせになると、セドリックは言った。

「胸を借りるつもりで挑みます」

「その表情からは全くそんな気を感じさせないな。余裕が窺える」

「そんなことないですよ」

「……ふっ、まぁいい。実力はすぐにでも分かる」

セドリックは木剣を構えた。

いつでも戦いを始められそうだ。

……なんとか乗り切ったようだ。

「くっくっく、まさかこんな催し物が見れるとはな。セドリック、実力を出すのはほどほどにしておいてあげなさい。魔物を何匹も用意したところでおまえに勝てるわけないのだからな」

エドワード卿は薄気味悪い笑みを浮かべて言った。

「……はい、分かりました」

セドリックはエドワード卿に向けて頭を下げた。

「アルマ！　頑張れよ！」

エドワード卿の発言を聞いて、少しイライラした様子のラウルが大声で叫んだ。

俺は手を振って、それに応えた。

「二人とも準備はいいかい？」

エリックさんが問うと、俺とセドリックは同時に首を縦に振った。

「よし、それでは模擬戦開始だ！」

開始の合図が告げられると、セドリックは真っ先に動き出した。

そして、セドリックは勢いよく木剣を振るった。

俺はセドリックの攻撃を自分の木剣で防ぐように動く。

カンッ！

木剣のぶつかる音がなる。

セドリックの攻撃は結構重い。

魔力以外のステータスは向こうが上回っているのだから当たり前だが、予想以上だった。

少しステータスを補うべく俺は【身体強化】を無詠唱で発動した。

そして、セドリックに反撃する。

「ほう……」

俺の木剣を受け止めたセドリックは感心したような声を漏らした。

「やはりなかなかやるようだ。これだけの一撃を平然と打ってくるのは驚異的だ。悪いが、本気で行かせてもらおう」

セドリックは身体の力を抜いて、脱力状態となった。

長い手足をぶらーん、とさせているが、視線は俺をしっかりと捉えていた。

「【脱力旋風】」

次の瞬間、勢いよくセドリックは動いた。

俺の周囲を動き回りながら、怒濤《どとう》の攻撃の連打が襲いかかってくる。

「な、なんだありゃ……あれじゃあ手も足も出ないだろ……」

ラウルの呟きが聞こえた。

「カッカッカ、楽しいねぇ。セドリック、すぐに倒すんじゃなくて痛めつけてからにするんだぞ」

ふむふむ、エドワード卿は判断こそ俺たちに融通をきかせてくれたみたいだが、こういった一面を目の当たりにすると、性格が悪いのではないか？　と思ってしまうな。

まぁ実際、良くはないんだろうけど。

「ぐぬぬ……」

「アルマは大丈夫。その証拠にほら、アルマは一撃も攻撃を受けてないから」

「え？　……ほ、ほんとだ。アイツ、すべての攻撃を防いでるじゃねーか！　魔法だけじゃなくて剣術もとんでもなく強いんだな……」

「むっ、ええいっ！　ならばセドリック！　トドメをさしてしまえいっ！」

見物客たちは結構盛り上がっているみたいだった。

俺のほうはというと、その様子を窺えるぐらいには余裕だった。

さて、そろそろセドリックを倒してしまうか。

勝って状況が悪くなるってことはないだろうし。

セドリックの【脱力旋風】はもう見切った。

大抵のスキルは原理さえ分かってしまえば対策できるのだ。

【脱力旋風】の原理は、フットワークを活《い》かして、相手の周囲を回りながら死角を攻撃し続けることだ。

だから攻撃で狙う場所は自然と俺の死角になる。

そして、次に攻撃が来る場所が分かれば、難なくカウンターを決めることができる。

俺は背後に向けて木剣を振るい、セドリックの木剣を弾《はじ》き飛《と》ばした。

カランカランッ、と木剣が地面に転がった。

「後の先……だと⁉」

木剣を弾き飛ばされたセドリックは驚愕《きょうがく》していた。

後の先とは剣術スキルの一つで、言ってしまえば返し技、つまりカウンターだ。

「うおおおおっ‼　アルマが勝ったぞ！」

「流石アルマ。カッコいい」

「本当ですよね！　あの連撃を受けている中、一撃で勝ってしまうなんて凄すぎますよ！」

ふぅ、やれやれ。

ちょっとだけ魔法を使うことにはなったが、なんとか剣術の範囲内で勝つことができたな。

「ばかな……！　元Aランク冒険者のセドリックが負けるだと……⁉」

エドワード卿もセドリックと同様にかなり驚いている様子だった。

それにしてもセドリックは元Aランクの冒険者だったのか。

なるほど、冒険者の仕事を辞めて貴族の護衛役を務めるというのもあるわけか。

貴族側も冒険者としての実績をかなり信頼している証拠だな。

俺も冒険者になってみるのもありかもしれないな。

ちょっと面白そうだし。

「……アルマくん、完敗だよ。まさかここまで完璧な後の先を決められるとはね。末恐ろしいな」

「いえ、たまたま決まっただけでしたね。あれは正直賭けでした」

「ふっ、気を遣わなくても大丈夫だ。本気を出していないんだろう？　まったく、とんだ怪物を相手にしてしまった」

そう言って、一人納得したセドリックはエドワード卿のもとへ歩いていった。

「アルマくん、とんでもない実力者ですよ」

「……うむ。色々と陛下には伝えねばならんな」

これから国王様と謁見があるのは確定事項だな。

「む、そういえばこのフランドル家には《賢者》のギフトを授かった者もいるようだな」

エドワード卿は思い出したかのように言った。

「ええ。長女のルナが《賢者》のギフトを授かっております」

エリックさんは答えた。

「私です」

ルナも自分だと分かるように手をあげた。

「そうか。ではルナも王都に来てもらおう。《賢者》ほど将来に期待ができるギフトはなかなかいからな。まったく、忙しくなる」

エドワード卿はそう愚痴をこぼした。

◇

国王様に謁見するため、フランドル領でもう一つ馬車が用意された。

これから2台の馬車で王都まで向かうこととなる。

俺たちの馬車の御者はラウルが務めてくれるようだ。

「いちおう俺は冒険者以外にもそういった仕事を経験してきたからな。問題なく御者の役割をこなせると思うぜ」

……とのこと。

ラウルは自信があるようだし、任せて大丈夫だろう。

馬を操るところを見せてもらったが、なかなか様になっていた。

まぁ何かあったときは俺がなんとかすればいいだろう。

それにこの3人で旅をするのは楽しかったから、少し楽しみだ。

サーニャは「つまんない！」と不満そうだったが、仕方ない。

目的は国王様との謁見であり、旅行というわけにはいかないのだ。

出発する際には手の空《あ》いている領民が見送りに来てくれた。

「みんな無事に帰ってきてね！　あとお土産も買ってきてくれると嬉《うれ》しいな～、なんて」

「おいおい、旅行じゃないいんだぜ？　そんなもの買ってる暇とかあるのかよー」

サーニャの言葉にラウルはそう返事をした。

「ラウルは暇そう」

ルナの一言がラウルの胸にグサッと刺さった。

「ま、まぁ俺はただの御者だしな……」

「まぁラウルならお土産を買ってあげる時間は作れるかもな」

「アルマさん、それ本当ですか⁉」

「たぶんね。確実ではないだろうけど」

「やったー！　じゃあラウルさん、お土産よろしくお願いしますね」

「……へいへい。なんか買ってきてやるよ」

「ありがとうございますっ！」

サーニャはとびきりの笑みを浮かべた。

「アルマくん、頑張ってきてくれ。ただ、無理はしないようにね」

エリックさんは少し心配そうな様子で言った。

「大丈夫です。安心してください」

「ああ、信頼しているよ。それからできればでいいんだけど、ルナのこともよろしく頼むよ」

「ええ、任せてください」

俺がそう言うと、エリックさんは微笑《ほほえ》んだ。

「お主ら、そろそろ王都に向かって出発するぞ」

エドワード卿が言った。

待たせるわけにはいかないので、もう行かなくてはならない。

「それじゃあ行ってきます！」

そう言って、俺たち３人は馬車に乗り込んだ。

領民たちから見送られる中、俺たちは王都に向けて出発した。

◇

ファーミリア王国、王都ヴィルヘミア。

ファーミリア王国は、エリステラ帝国、その他小国家群が存在するレイセント大陸の北西端に位置する。

ヴィルヘミア最大の特徴はなんと言ってもヴィルヘミア城の存在だろう。

王都の中でも一番大きな建物であり、城下町では多くの民が華やかな生活を送っている。

馬車に揺られること４日、俺たちはついに王都ヴィルヘミアに到着した。

立ち並ぶ建物の造りはヴィルヘミア建築と呼ばれる建築様式でまとめられており、重厚な統一感のある街並みが演出されていた。

中でも朱色の鋭角の屋根が特徴的だろうか。

フランドル領と比べると、文化の差は一目瞭然だった。

ヴィルヘミア城内の厩舎前に馬車を停《と》めると、俺とルナはいよいよ国王様と謁見することになる。

「頑張れよ、俺は城下町に行ってお土産でも買ってるとするわ」

ラウルは親指を立てて、笑顔でそう言った。

「羨ましい奴《やつ》だな……。俺も王都を観光してみたかったな」

「謁見が終わった後、軽く見て回って帰ればいいんじゃねーか？」

「それもそうだな」

「ま、そういうわけで頑張ってきてくれよ。案外二人とも緊張していない様子で安心したぜ」

「ラウル、それは違う。私はかなり緊張してるから」

「全然緊張してなさそうなんだよ！　おまえは！」

確かにルナは俺から見ても緊張していなさそうだった。

「見て、ほら」

そう言ってルナは腕をまくった。

「鳥肌が立ってる」

「「おお、確かに……！」」

俺とラウルは妙に納得してしまった。

そうか、ルナも緊張しているんだな……。

実のところ俺も緊張していた。

国王様に謁見するというのは初めての経験だ。

なにか粗相でもあれば、とんでもないことになるのではないかという考えが頭をよぎる。

「何をやっておる。行くぞ、お主たち。既に国王様に謁見する旨は決まっておるのだ」

エドワード卿は急《せ》かすように言った。

「よし、それじゃあ行ってくるよ」

「おう。お土産は俺に任せとけ！」

「ラウル、センスのないもの買ってたら許さない……」

「こ、怖《こえ》え……責任重大だな……」

「はは、期待してるよ。それじゃあ行こうか、ルナ」

「うん」

厩舎から離れて、ヴィルヘミア城中央通路に出る。

長い階段を上っていき、大きな中央城門に到達。

門番が門を開け、城内へ入っていく。

大広間の中央には赤い絨毯《じゅうたん》が敷かれていた。

赤い絨毯の上を歩き、エドワード卿の後をついていく。

大広間の真ん中にある大きな階段を上り、城の２階へ。
そしてしばらく廊下を歩き、エドワード卿が豪華な扉の前で立ち止まった。
「この扉の先に陛下がお待ちになっておる。くれぐれも無礼のないようにな」
「分かりました」
そう返事をすると、エドワード卿は俺たちの返事に満足したようにうなずいた。
「ふぅ……」
深呼吸をしてから俺は王の間の扉を開けた。
部屋の中央には今までの城内と同じように、赤い絨毯が敷かれていた。
その横には鎧《よろい》を着た騎士たちが並んでいる。
赤い絨毯の先には階段があり、その上の玉座には王様の姿があった。
白い髭を生やした白髪の王様。
頭には金色に輝く王冠。
これがファーミリア王国のアマデウス王か……。
そして隣にはローブを着た金髪の男が立っていた。
魔力が多く、魔法使いであることが分かる。
アマデウス王の隣にいるような魔法使いだ。
かなりの地位の者だろう。

俺とルナは大勢の視線を浴びながら、赤い絨毯の上を歩き、王のもとで立ち止まった。

「遠路遥々《えんろはるばる》よく来てくれた。二人の話は既にエドワード卿から聞いておる。アルマはとんでもない魔法の持ち主で数々の魔物を使役しているそうじゃないか」

アマデウス王の話し方には威厳が感じられた。

「いえ、そんなことはありませんよ」

「まあそう謙遜するな。魔法使いとしての実力もなかなかのものだと聞いておるぞ」

まさかこんなに褒められることになるとは……。

謙遜はあまりしないほうが良さそうだし、ここは感謝しておくのが無難かな？

「高く評価していただけていること大変光栄に思います」

「うむ。ルナも《賢者》のギフトを授かっているそうじゃないか」

「……ありがとうございます」

ルナはそう言って、頭を下げた。

「将来、この国を担うような人材が二人もフランドル領にいるとはあっぱれだ。しかし、それが勿体《もったい》なくも思う。王都ヴィルヘミアに引っ越してきて、王立ヴィルヘミア魔法学園に通うのはどうだ？　好待遇で二人を迎え入れることを約束しよう」

王立ヴィルヘミア魔法学園は、世界的にも有名でヴィルヘミア城に併設して建てられている。城のような建物で在籍する生徒は優れた魔法の才能を持つ貴族がほとんどらしい。

王立魔法学園への入学――。

入学して良い成績を残せば、ファーミリア王国の中でも地位の高い役職に就ける可能性は高いだろう。

そうすれば実家を追放された俺の目標の一つであった『実家を見返す』ことが達成できるだろう。

……でも、アマデウス王の提案に何も惹《ひ》かれなかった。

思えば俺は魔法を既にきわめていると言ってもいいぐらいの実力だ。

フランドル領で領地を発展させながらのんびりと暮らしていくほうが楽しそうに思える。

それに……フランドル領の人々はとても温かい人ばかりだ。

見捨てて王都で暮らすなんてできない。

隣を見ると、ルナは不安そうな表情で俺を見つめていた。

心配するな。

俺はフランドル領を見捨てるような真似《まね》は絶対にしないさ。

「アマデウス王、申し訳ございませんが、その提案はお受けすることはできません」

「なんだって……⁉」

「まさか断るのか……⁉」

俺の発言に騎士たちは驚いていた。

「ふむ。理由を聞かせてもらってもよいかな？」

「理由は単純で、僕がフランドル領を気に入っているからです」

「ほう。たったそれだけの理由で我の誘いを断ると？」

「はい」

「なるほど、ではルナはどうだ？」

「私もお断りします」

「なぜだ？」

「私はアルマの婚約者なので、傍《そば》で支えたいと思っています」

……へ？

こ、婚約者って、あの婚約者か……？

いつの間にルナと俺は婚約していたんだ⁉

この場を乗り切るために口から出任せを言っているようだった。

アマデウス王は高らかに笑い出した。

「くっくっく、面白い。──ならばアルマ、実力を示してみせよ。ファーミリア王国の大賢者ユリウスと魔法勝負をしてもらおう。我の誘いを断るということは、既にアルマの実力が王国屈指のものでなければならない。ユリウスに負けたとき、我の誘いをアルマとルナ、二人ともに受け入れてもらおう」

……なるほど、つまりは優秀な人材は王都に置いておきたいということだ。

大賢者ユリウスはすべての魔法使いの中でも最高レベルに君臨する実力者だ。

ファーミリア王国だけで考えれば最強の魔法使いだろう。

帝国にいた俺でも知っている有名人、それが大賢者ユリウスだ。

そんな彼と魔法勝負をして、勝たなければならないなんて無理難題にも程がある。

それにこれが王様の命令なら断るわけにもいかない。

つまり、これは王様の誘いではなく、『王都にいろ』という命令なのだ。

やれやれ、まさかこんな短期間で2回も実力者と戦うことになるとは思いもしなかったな。

「……分かりました。僕の我儘《わがまま》を聞いていただき、ありがとうございます」

「うむ。条件を呑《の》んでくれたこと嬉しく思うぞ」

アマデウス王の横に立っていた金髪の男性は俺の前まで歩いてきて、

「よろしく頼むよ。アルマくん」

優雅に微笑んだ。

彼こそがファーミリア王国の大賢者ユリウス。

長身で金髪。

街を歩けば、女性の誰もが振り向くような色男だった。

「……よろしくお願いします」

「ふふ。楽しみにしているよ」

それから場所を移し、城内にある魔法闘技場へ。

壁は魔法に耐性がある。

魔法闘技場の周囲には結界が張られていた。

魔法闘技場を囲む形で併設されている観客席に魔法が漏れないように配慮がされているようだ。

観客席は想像よりも大勢の人で埋めつくされていた。

城に勤める関係者たちが集まっているようだ。

ユリウスと俺が戦うところを見たいわけではなく、ユリウスの戦う姿を見たいというのが観客たちの本音だろう。

それぐらいユリウスの人気は高いと見た。

そして観客席の中には豪華な席があり、そこにはもちろんアマデウス王が座っていた。

その近くにルナの姿も見えた。

ルナと目が合った。

（頑張って）

ルナは大きく口を動かした。

俺は微笑んで、軽く手をあげて応えた。

それから審判が観客席の最前列に設けられた審判席に座った。

審判はそこで魔法勝負のルールを説明した。

闘技場の外に出たら失格。

武器の使用は禁止。

勝利条件は相手にギブアップさせるか、戦闘不能にすること。

ただし、相手を死なせてはいけない。

これらがルールになる。

戦闘不能にしなくてはならないのに、死なせてはいけないなんてなかなか難しいルールにしたものだ。

「――正直、アルマくんは私と同等の実力を持っているんじゃないかと思っているんだ」

闘技場の中央でユリウスは言った。

……まさか、彼の口からそんな言葉が聞けるとは思わなかったな。

王国最強と謳《うた》われている魔法使いが15歳の少年に対して、そんなことを思うなんてとんでもないことだ。

少なからずユリウスは俺の実力を感じ取っているようだった。

「そんなご謙遜なさらずに」

「ふふふ……。上手く魔力を隠しているみたいだけど、私には無駄だよ。よくその歳《とし》でそんな領域にたどり着けたものだ」

「まさか本気で言ってるんですか？」

「もちろん。15歳相手に大人げないとは思うが、この魔法勝負、本気を出させてもらうよ」

俺の実力をかなり高いと予想しているようだった。

「王国最強の魔法使いに本気を出されたら誰も勝てませんよ」

「私の役目はアルマくんに勝つことだから仕方ないね」

微塵《みじん》も俺を侮ってはいない様子だ。

「僕もユリウスさんに負けるつもりはありません」

これが王国最強の魔法使い。

こちらも全力で挑まなければ足を掬《すく》われるな。

俺はユリウスに【鑑定】を使い、実力を正確に把握する。

［名　前］ユリウス
［レベル］1500
［魔　力］23000
［攻撃力］3000
［防御力］2800
［持久力］2500
［俊敏力］3000

これが王国最強の魔法使いか……。
注目すべきは他よりも突出した魔力。
魔力によって、魔法の規模や使用回数が変わってくる。
つまり魔力は魔法使いの実力を大きく左右するものだ。
フェンリルと同等……いや、それ以上の実力者だ。
しかし、それはステータス上での話。
魔法の熟練度によってはフェルナートよりも強い可能性がある。
そして、その可能性は高いと俺は見ている。
「両者、準備はよろしいですか?」
審判の発言に俺とユリウスは二つ返事をした。
「それでは魔法勝負を始めてください」
「【氷の槍《やり》】」
魔法勝負が開始した瞬間、ユリウスは氷魔法を発動した。
先端が鋭く尖《とが》った氷が飛んできた。
【氷の槍】は詠唱を速く済ませることができる。
そして威力は熟練度によって変動する。

氷を纏《まと》う魔力を見たところ、並の魔法では【氷の槍】を防ぐことすらできないだろう。

「【炎の槍】」

俺は反対の性質をもつ魔法で対抗する。

【氷の槍】は【炎の槍】に衝突すると、小さな爆発音が発生した。

「へぇ、やっぱり只者《ただもの》じゃないみたいだね」

「今の一撃で俺を試したわけですか」

「ご名答。既にアルマくんの実力はもう疑いようがないね。ただ、私としては15歳当時の自分よりも優れているのか試したくなった――【氷の槍】【氷の槍】【氷の槍】」

ユリウスは【氷の槍】を何度も高速で詠唱した。

四方八方から飛んでくる。

俺は無詠唱で【炎の槍】を放つ。

ユリウスの【氷の槍】を上回る量の【炎の槍】だ。

それを見たユリウスはニヤリと笑った。

そして、ユリウスもまた無詠唱で【氷の槍】を放った。

キラキラとした霧があたりに舞った。

「凄いな……無詠唱を使えるとは恐れ入ったよ。昔の私以上だ」

ユリウスが言った。

「そんなことないですよ」

「ふふ、謙遜はやめたまえ。一体どれぐらい強いんだろうね。アルマくんの本当の実力――これから見せてもらうよ」

ユリウスは本気を出すとは言っていたが、まだまだ全力じゃないのは明らかだった。

それは俺の実力がどれだけかを把握するためだろう。

俺に勝つことは当たり前で、そのうえでどれだけ俺の情報を集められるか。

さっきまでの魔法の撃ち合いを思い返すと、そうとしか考えられない。

俺としてはできれば圧倒的実力差でユリウスに勝ったという展開にはしたくない。

なんとか隙をついて勝ったようにしたいのだ。

圧倒的すぎる実力を見せれば、ファーミリア王国から危険視される可能性があるからだ。

ユリウスにラッキーで勝つ……いや、実力が拮抗《きっこう》していてなんとか勝つぐらいならば、その危険性はかなり下がると考えている。

これからユリウスは俺の実力を把握するべく、まだしばらくの間全力を出すことはないだろう。

茶番になってしまうが、付き合うとしよう。

◇

観客たちはユリウスの独壇場に大いに沸きあがっていた。

「すげえっ！　やっぱりユリウスさんは王国最強だよ！」

「ああ、あの魔法使い何もできてないじゃないか」

「これは圧倒的だな。流石ユリウスさんだよ」

ユリウスが城内の闘技場で魔法勝負を行うのは数年振りだったことも相まって、観客たちの興奮はピークに達していた。

それはアマデウス王も例外ではない。

「アルマには少し申し訳ないことをしてしまったな。相手がユリウスというのは酷すぎたかもしれん」

「あの場でアマデウス王の誘いを断るあの者が悪いのです」

アマデウス王の側近はそう答える。

「そう言うな。アルマもまだ15歳だ。分からないことなどいくらでもある」

「はっ、失礼いたしました」

「しかし、このような魔法勝負を見たのは初めてだな。ユリウスの奴、もしや本気で戦っているのではないか？」

「どうでしょう……。ユリウス様の実力は計り知れませんから」

「もう少し手加減してやっても良いだろうに」

その近くでルナは拳をぎゅっ、と握っていた。

（アルマ……頑張って）

底の知れない実力を持つアルマだが、流石に今回ばかりは厳しいのではないかとルナは思っていた。

それほどユリウスの経歴は凄《すさ》まじいものなのである。

15歳で《賢者》のギフトを授かり、王立ヴィルヘミア学園に入学し、わずか1年で卒業。最年少で宮廷魔術師となり、数々の偉業を成し遂げ、大賢者の称号を授かる。

そんな相手とアルマは戦っている。

ルナは両手を合わせて、アルマの勝利をただ願うことしかできなかった。

しかし、二人の魔法勝負が長引くにつれて、観客の様子は次第に変化していった。

「な、なぁ……ユリウスの相手……もしかしてとんでもない奴なんじゃないか？」

「ど、どうなんだろうなぁ……。ただ、ユリウスと互角に戦うなんて俺には無理だぜ……」

「お、俺もだよ……」

そんな声があがってくる。

勝負はすぐに決着すると皆が思っていたのだ。

だが、勝負はいつまで経《た》っても終わらない。

ユリウスが優勢のように見えるものの、アルマを倒す決定打はない。

どんな魔法もアルマがいなしていた。

この場で魔法勝負を見物していた魔法使いは驚愕を隠せていなかった。

「ばかな……あれで15歳だと……⁉」

「……ありえないだろ。さっきから使っている魔法はすべて高難易度のものだぜ。ギフトをもらったばかりの奴に使いこなせるわけない……」

「……いや、今までにそんな奴が一人だけいた」

「ユリウスさんか……」

魔法使いたちはアルマをユリウスと同等の才能を持つ者だと認識し始めていた。

◇

「ここまでとは……驚いたよ」

ユリウスは言った。

言葉とは裏腹にその顔には笑みを浮かべていた。

今、ユリウスには俺が実力の拮抗した好敵手のように見えているのだろうか。

「僕だって負けるわけにはいきませんから」

「ふふ、涼しい顔をしてよく言うよ。やはりアルマくんになら本気を出しても大丈夫そうだね。

――【氷獄世界《ひょうごく》】」

闘技場内に冷気が満ちる。

地面、壁が凍り、白い靄《もや》が漂う。

気温が急激に低下している。

環境魔法か。

これはユリウスが独自に編み出した固有魔法だろう。

魔法使いにとって環境は魔法のクオリティをとても左右する。

なぜなら魔法とは、事象を魔力によって引き起こすものだからだ。

自身の得意な魔法と環境の相性が良ければ、魔法のクオリティは爆発的に上昇する。

「【氷塊嵐《ひょうかいらん》】」

闘技場内に吹雪が発生。

ユリウスは浮かび上がった。

そしてユリウスを中心に大きな氷塊が周囲を飛び交う。

吹雪、氷塊、どちらも厄介であり、並の使い手ならばこの空間にいることすらできないだろう。

「【灼熱《しゃくねつ》】」

俺の周囲を炎が吹き荒れた。

ジュウ……と音がして、凍っていた地面は溶けていく。

――が、すぐにまた凍り付く。

【灼熱】はこの氷の世界に呑み込まれ、消滅した。

「アルマくん、無駄だよ。ここではすべてが凍り付く。しかし、それでもアルマくんは凍らないでいられるだなんて流石だね」

なるほど、凄い固有魔法だ。

水平方向から巨大な氷塊が飛んでくる。

周囲を見ると、他にも巨大な氷塊が飛び回っていて、俺目掛けて飛んできていた。

観客席を見ると、結界までもが凍り付いていた。

霜《しも》で覆われ、不透明になった結界では観客席の様子を見ることができない。

つまり、観客席側からもこちらの様子を見ることはできない。

これはこちらとしては好都合だ。

勝負を決めにいくとしよう。

この環境、俺にとって良いこと尽くしだ。

――【夢幻氷刻《むげんひょうこく》】。

俺もユリウスと同様、固有魔法を発動させた。

飛んでいた氷塊の動きが止まった。

それだけではない。

宙に浮かんでいたユリウスまでもが止まっている。
【夢幻氷刻】は、時の流れを凍らせ、時間を止める魔法。
ただし、これは結界内だけだ。
闘技場の外の時間まで止めることはできない。
【夢幻氷刻】の使用をやめた後、時間は急速に流れる。
それによって、結界の外との辻褄《つじつま》を合わせる仕組みになっている。
そして、この間に勝負を決める。
「【テレポート】」
ユリウスのもとへ転移する。
「【ホロウラ】」
闇魔法で彼の意識を刈り取る。
そして、【夢幻氷刻】を解除。
時間が動き出すと、白くなっていた結界は徐々に透明さを取り戻していく。
宙に浮かんでいたユリウスは意識を失って、落下していく。
地面に落ちる直前に風魔法でクッションを作り、寝かせる。
ふぅ……これで決着だ。
「お、おい！　マジかよ！　ユリウスさんが倒れてるぞ!?」

「う、嘘《うそ》だろ⁉」

「一体何が起こってんだよ！」

俺は審判席の前まで歩いていき、尋ねる。

「審判、これは僕の勝利になりますか？」

「……しょ、勝者アルマ！」

審判の震えた声が響き渡った。

観客席のルナを見て、俺は親指を立てた。

すると、ルナは安心したように微笑んだ。

「ん……」

倒れていたユリウスはゆっくりと立ち上がった。

既に意識を取り戻しているようだった。

「……まさか私が負けるとは」

状況を把握したユリウスは呟いた。

「なんとか隙をついて勝てました」

「隙か……。あの魔法を使った時点でそんなもの存在しないはずだよ。自分がなぜ負けているのか、理由が分からない。アルマくんは一体何をしたんだい？」

「種明かしをすると、もう二度とユリウスさんに勝てなくなると思うので秘密にしておきます」

「それはどうかな。アルマくんの実力は計り知れなかった。もう一度やって素直に私が勝てるとは思えないな」

「全然そんなことないですって。もうかなり限界でした」

「ははっ、そういうことにしておいてあげるよ」

……やれやれ、倒し方を少し間違えたかもしれないな。

まぁでも俺の実力はユリウスも摑《つか》みきれていない。

最悪の事態は俺がユリウスよりも圧倒的な実力を持っていることを知られてしまうこと。

今回の勝ち方は及第点ぐらいは取れたはずだろう。

◇

その後、王の間に戻り、色々なことを聞かれた。

王都に本当に来る気がないのか？　とかフランドル領の魔物の安全性についてとか。

それからルナが口から出任せで言った婚約についても少し触れられ、話を合わせるのにとても苦労した。

……そして、婚約者という前提で色々話をした。

そのため俺とルナはこれで本当に婚約者ということになってしまったわけだ。

これについては後ほど詳しく話し合っていかなければならない。

俺としてはルナみたいにかわいくて良い子と結婚できるのは嬉しいことだが、ルナ本人、そして両親のエリックさんとメイベルさんとも話す必要があるだろう。

そして、俺のギフトについても聞かれた……というよりも神官を連れてきて、授かったギフトを調べられた。

ギフト《転生者》が発動する前の俺ならば、何もないと結果が出るところだが、今の俺は自身のギフトを【事象操作】という魔法で偽装することができる。

俺も《賢者》のギフトを授かったということにして、事なきを得た。

謁見は夜まで続き、今夜は城に泊まることになった。

ヴィルヘミアを観光してきたラウルも一緒に城で泊めてもらえるようだった。

ちゃんとお土産を買っており、一人でヴィルヘミアを満喫していた。

その後は豪華な夕食と広い浴場で、盛大にもてなしてもらえた。

そして翌朝、俺たちはヴィルヘミアを発《た》ち、フランドル領に帰ることとなった。

当たり前だが、帰りの馬車は俺たちだけだ。

「ふぅ～、やっと終わったな……」

ヴィルヘミアを出たあたりで俺は言った。

「だな。おつかれさん」

ラウルは馬を操りながら労《ねぎら》いの言葉をかけてくれた。

「めちゃくちゃ大変だったたんだからな」

「しかし、よくあのユリウスに勝てたよなぁ。実質アルマがこの国で最強の魔法使いってことになるわけか。いやぁ～、誇らしいねぇ！」

「大変だったのはそれだけじゃないが……まぁこれはフランドル領に戻ってから言えばいいか」

「勿体ぶらないで教えてくれよ～。フランドル領まで結構距離があるんだぜ？」

「大丈夫だ。こんなときのために屋敷の近くの小屋に空間転移の魔法陣を描いてきてあるから」

長距離の移動の際には正確な座標が必要となる。

今回俺が描いたのはそのための魔法陣だ。

これで帰りの時間を短縮できる。

「……つまりどういうことだ？」

「馬車ごと空間を転移させるんだ。だからすぐに帰れるよ」

「……あー、やっぱりそうだよなぁ。ユリウスに勝つぐらいだからとんでもない魔法使いなのは間違いないよな」

ラウルはウンウンと納得しながら言った。

「ははは、まあね。馬車を停めてもらってもいいかな？」

「おうよ」

馬車が停まると俺は【空間転移】を唱えた。

景色が変わり、小屋の中に。

「ヒヒーン⁉」

馬車を引っ張る馬は驚いて、鳴き声をあげた。

「本当に戻ってきちまったよ……」

「よし、それじゃあ一旦屋敷に戻ろうか」

「だな。そういえばさっきからずっとルナが黙ってるけど大丈夫か？」

チラっと俺を見て、

「……だ、大丈夫」

ルナは赤面しながら言った。

ラウルはこの様子を見て、ニヤニヤとした笑みを浮かべた。

「オイオイ、これは何かあったんじゃないのか～？　アルマも隅に置けないねぇ」

「その何かについては屋敷に戻ってから話すよ……」

「へへっ、楽しみだぜ」

そして、馬用の厩舎に馬車を返しに行く。

領民たちは俺たちに気づくと、いつの間に戻っていたのか不思議がりながらもみんな温かく迎え入れてくれた。

……本当に王都で暮らすことにならなくて良かったと思う。

フランドル領は良い人ばかりで俺はこの場所が心の底から好きになっていた。

馬車を返し終わると、屋敷に戻る。

扉を開けようとしたとき、ちょうどエリックさんと出くわした。

「あれ⁉　もう戻ってきたのかい⁉」

「はい。帰りは魔法でささっと済ませちゃいました」

「はは……流石だね。とにかく無事に戻ってきてくれてなによりだよ。3人ともおかえり」

エリックさんは微笑んだ。

キッチンの方から声を聞きつけて、サーニャとメイベルさんもやってきた。

「あー！　みんな戻ってきてる！　いつの間に⁉　お土産買ってきてくれたー？」

「もちろんだぜ。ほれ」

ラウルは包装された箱をサーニャに渡した。

「何が入ってるの？」

「クッキーっていう甘いお菓子だ」

「お菓子！　ありがとう〜！」

サーニャは喜んで箱に抱きついた。

「ふふ、帰ってきてくれた途端に家が賑《にぎ》やかになりましたね」

メイベルさんは嬉しそうに言った。

図らずもルナと婚約したことを伝えるべき相手が全員いる。

あのことを伝えるなら今が絶好のタイミングだな。

「みんなに報告することがあります」

みんなの視線が俺に集まった。

あ、あれ……今から言うこと想像以上に恥ずかしいな。

「……ルナと婚約者になっちゃいました」

みんなの目が点になった。

ルナは隣で顔を赤くしていた。

「こ、婚約者⁉」

「えー！　お姉ちゃんとアルマさんが結婚しちゃうの⁉」

「い、いや、まだ決まったわけじゃないから！」

「でもなんで婚約者になってるの？」

「じ、実はな……」

俺は事の顚末《てんまつ》を語った。

「……アルマくん、フランドル領に戻ってきてくれたこと本当に嬉しく思うよ。ありがとう」

話を聞いたエリックさんが初めに口にしたのは感謝だった。

「王様には婚約者だということを伝えちゃったのかもしれないけど、関係を解消することだって可能なはずだからね。僕としては二人の気持ちを尊重するべきだと思うんだ」

俺の気持ち……。

正直なところよく分からないが、これだけは自信を持って言える。

「俺はルナと結婚することになっても後悔することはありません」

「ルナはどうだい？」

「……私も別に構わない」

ルナは恥ずかしそうに声を振り絞っていた。

「それならしばらく婚約者の関係を続けてみるのはどうかな？　僕は二人が結婚することに賛成だよ」

「ええ。私も賛成ですよ。二人はお似合いですから」

エリックさんとメイベルさんは俺とルナが結婚することになっても構わないようだ。

「……じゃあ、このまま婚約者ってことで良いかな？」

ルナにそう話しかけた。

ルナは顔を赤くしながらうなずいた。

「っ！」

そして、恥ずかしさのあまり屋敷の外へ逃げ出していった。

「あ～！　お姉ちゃんかわい～！」

それをサーニャが追いかけていく。

「追いかけてやれよ、婚約者さん」

ラウルがニヤニヤとした表情でからかってきた。

「ははっ、そうだな」

俺もルナを追うために歩き出した。

屋敷の外に出ると、フランドル領の全体が視界に入ってきた。

今日も魔物と人間が懸命に働いていた。

この領地でしか見ることのできない景色だろうな、とフランドル領に戻ってきたことを改めて実感する。

空は抜けるような青さに澄み切っていて、フランドル領は笑顔で溢《あふ》れていた。

その光景を見て、俺はこれが幸せなのだと実感するのだった。

あとがき

こんにちは、作者の蒼乃白兎です。

このたびは本書を手に取っていただき、誠にありがとうございます。

本作品はＷｅｂ小説投稿サイト「小説家になろう」に投稿しておりまして、講談社さんから打診をいただき、こうして書籍化することができました。

執筆に至った経緯は、追放ブームに転生要素を入れたいという単純な発想からです。

最近の「小説家になろう」発の作品はテンポ良く物語が進むものが人気です。

Ｗｅｂ小説は連載形式で進んでいくものばかりなので、一話一話の面白さや、物語の進行速度がかなり人気に影響するのです。

分かりやすいのは、本作のように物語の始まりに神様から特殊能力を与えられる作品ですね。

この展開を使えばすぐに物語が動き出すので、とても便利で面白いですね。

まさに連載形式に向いており、連載といえばマンガ。

……ということで本作のコミカライズもスタートします！

そちらもよろしくお願いします！

最後にこの場を借りて感謝を申し上げたいと思います。

担当編集者様、緒方てい様、編集部の皆様、校閲の皆様、読者の皆様、多くの方々のおかげで本書を出すことが出来ました。本当にありがとうございます。

拙い部分も多くありますが、少しでも面白いと思っていただけるよう精進してまいりますので、今後ともよろしくお願いいたします。

それでは、読者の皆様とまたお会いできるのを楽しみにしております。

Kラノベブックス

その無能《むのう》、実《じつ》は世界最強《せかいさいきょう》の魔法使《まほうつか》い
～無能《むのう》と蔑《さげす》まれ、貴族家《きぞくけ》から追《お》い出《だ》されたが、ギフト《転生者《てんせいしゃ》》が覚醒《かくせい》して前世《ぜんせ》の能力《のうりょく》が蘇《よみがえ》った～

蒼乃白兎《あおのはくと》

2021年12月24日第1刷発行

発行者	森田浩章
発行所	株式会社 講談社 〒112-8001　東京都文京区音羽2-12-21
電　話	出版　(03)5395-3715 販売　(03)5395-3608 業務　(03)5395-3603
デザイン	百足屋ユウコ＋フクシマナオ（ムシカゴグラフィクス）
本文データ制作	講談社デジタル製作
印刷所	豊国印刷株式会社
製本所	株式会社フォーネット社

KODANSHA

ISBN978-4-06-526181-1　N.D.C.913　290p　19cm
定価はカバーに表示してあります

ファンレター、
作品のご感想を
お待ちしています。

あて先
〒112-8001　東京都文京区音羽2-12-21
(株) 講談社　ラノベ文庫編集部 気付
「蒼乃白兎先生」係
「緒方てい先生」係

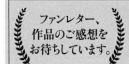